Lygaya, l'enfant esclave

Catalogage avant publication de Bibliothèque et Archives nationales
du Québec et Bibliothèque et Archives Canada

Mignot, Andrée-Paule

Lygaya, l'enfant esclave

    (Best-seller)
    Recueil de 2 œuvres publ. antérieurement séparément.
    Publ. à l'origine dans la coll. : Atout. Histoire.
    Sommaire : Lygaya — Lygaya à Québec.
    Pour les jeunes.
    ISBN 978-2-89428-933-4

I. Titre. II. Titre : Lygaya. III. Titre : Lygaya à Québec.

PS8576.I295A93 2006   jC843'.54   C2006-940966-8
PS9576.I295A93 2006

Les Éditions Hurtubise bénéficient du soutien financier des institutions
suivantes pour leurs activités d'édition :

– Conseil des Arts du Canada ;
– Gouvernement du Canada par l'entremise du Fonds du livre du Canada
  (FLC) ;
– Société de développement des entreprises culturelles du Québec
  (SODEC) ;
– Gouvernement du Québec par l'entremise du programme de crédit
  d'impôt pour l'édition de livres.

Mise en page : Guy Verville
Couverture : Éric Robillard (kinos)

Copyright © 2006, Éditions Hurtubise inc.

ISBN : 978-2-89428-933-4 (version imprimée)
ISBN : 978-2-89647-638-1 (version numérique PDF)
ISBN : 978-2-89723-370-9 (version numérique ePub)

Dépôt légal / 3e trimestre 2006
Bibliothèque et Archives nationales du Québec
Bibliothèque et Archives Canada

Diffusion-distribution au Canada :   Diffusion-distribution en Europe :
Distribution HMH   Librairie du Québec/DNM
1815, avenue De Lorimier   30, rue Gay-Lussac
Montréal (Québec) H2K 3W6   75005 Paris FRANCE
www.distributionhmh.com   www.librairieduquebec.fr

Imprimé au Canada

www.editionshurtubise.com

Andrée-Paule Mignot

Lygaya,
l'enfant esclave

« En donnant la liberté aux esclaves nous assurons celle des hommes libres. Ce que nous offrons est aussi honorable pour nous que ce que nous préservons. »

Abraham Lincoln (décembre 1862)

« La liberté consiste à pouvoir faire tout ce qui ne nuit pas à autrui. »

Déclaration des droits de l'homme, art. 4

*À tous les enfants du monde, maltraités,
exploités, humiliés, qui souffrent en silence.*

À mes filles, Carol et Alix.

Avant-propos

L'histoire de l'esclavage est une histoire encore terriblement quotidienne : de nos jours, en effet, dans certaines parties du monde, des enfants sont vendus, exploités, maltraités, humiliés...

J'ai eu l'idée d'écrire *Lygaya* après avoir pris connaissance de l'émouvant destin d'Iqbal Massi, ce petit Pakistanais qui, à l'âge de quatre ans, a commencé à travailler dans une fabrique de tapis. Sa famille vivait dans la misère et avait dû emprunter de l'argent pour soigner sa maman, gravement malade, et pour se nourrir. Le taux d'intérêt de l'usurier ne cessant d'augmenter, la famille d'Iqbal fut obligée de placer l'enfant chez un marchand de tapis afin de pouvoir rembourser sa dette.

À quatre ans, Iqbal se réveillait chaque jour à quatre heures du matin et restait enchaîné pendant douze heures pour fabriquer des tapis. Puis, un jour, alors qu'il venait d'avoir neuf ans, il parvint à se faufiler dehors avec deux de ses amis pour assister à une fête organisée à l'occasion de la journée de la Libération. Il y rencontra, tout à fait par hasard, un avocat qui était aussi président d'une association de libération des enfants en situation de travail forcé. Avec son aide, Iqbal trouva le chemin de l'école et apprit à lire et à écrire.

Il fut invité à communiquer son expérience dans le monde entier et reçut en 1994 le prix Reebook pour la jeunesse en action. Puis, il devint porte-parole du Front pour la libération des enfants en situation de travail forcé. Il voyagea en Europe et aux États-Unis où il donna de nombreuses entrevues, répétant sans cesse la même phrase : « N'achetez pas le sang des enfants. » Sous la pression internationale, le gouvernement pakistanais ferma plusieurs dizaines de fabriques de tapis.

Le 15 avril 1995, à l'âge de douze ans, Iqbal fut assassiné dans son village. Il voulait étudier le droit et ouvrir une école pour les enfants esclaves.

Je souhaite qu'en lisant *Lygaya, l'enfant esclave*, les jeunes prennent conscience du sort misérable réservé aux enfants dans certains pays. Et je souhaite qu'ils entretiennent l'espoir qu'un jour, ces enfants seront libres de grandir aux côtés d'adultes qui les protègent au lieu de les exploiter.

QUELQUES FAITS SUR L'ESCLAVAGE

Des historiens ont évalué qu'entre 1595 et 1866, plus de 11 millions de captifs ont été déportés par les traites atlantiques et que plus du dixième a péri lors de la traversée. Près de 27 500 expéditions négrières eurent lieu durant cette période. En Afrique, entre le VIIe siècle et 1920, 12 à 17 millions d'esclaves furent obligés de traverser le désert pour être livrés à leurs bourreaux. Un grand nombre d'entre eux moururent en cours de route.

Selon un rapport du Bureau International du Travail (2001), 246 millions d'enfants âgés de 5 à 17 ans travaillent sur la planète! En Amérique latine, l'UNICEF estime qu'environ 15 millions d'enfants n'ont pas de domicile. Au Salvador, plus de 2000 enfants sont employés dans des fabriques d'allumettes. En Colombie, des enfants triment dans les mines de charbon.

Au Pakistan, en Inde ou au Népal, des parents qui ne peuvent subvenir à leurs besoins vendent leurs enfants à des fabricants de tapis. En Afrique du Nord, des enfants mendient dans les rues avec leurs mères répudiées par leurs pères… Et que dire de ces enfants enrôlés malgré eux dans des conflits armés ou de ces petits Roumains, en France, en Belgique, forcés de demander l'aumône aux côtés d'adultes sans scrupules sur les trottoirs de Paris ou de Bruxelles.

Aujourd'hui, en 2006, quel que soit le pays, quel que soit l'endroit, des milliers d'enfants souffrent comme Lygaya en 1780…

LYGAYA

1

Jean-Baptiste

Je m'appelle Jean-Baptiste Léonard. J'ai douze ans. Tout le monde pense que je suis haïtien... parce que je suis noir. Vraiment noir ! Eh bien non... Je suis québécois... Mon père est québécois, mon grand-père était québécois, mon arrière-grand-père était québécois et son père avant lui...

Alors me direz-vous, comment se fait-il que je sois noir ? Eh bien, tout simplement parce que mes ancêtres étaient africains. Originaires du Cameroun, plus exactement. Mes parents m'ont dit que le premier Léonard était arrivé à Québec vers 1783. Il était alors âgé de quatorze ans. Il s'appelait Lygaya. Il fut rebaptisé Léonard. C'était un esclave et, jusqu'à l'abolition de l'esclavage, vers 1860, son fils et son petit-fils étaient aussi des esclaves. Ils étaient au service de monsieur Desfontaines, qui vivait alors à Québec.

C'est ma mère qui m'a raconté l'histoire de notre famille : une histoire que l'on se raconte de génération en génération, afin de ne pas oublier qui nous sommes, comment nous sommes arrivés au Québec et pourquoi nous vivons aujourd'hui en Amérique du Nord. C'est une histoire que je raconterai, moi aussi, plus tard, à mes enfants. Voici à peu près ce que je leur dirai…

Tout a commencé au XVIIIe siècle, en 1780. Cela se passait en Afrique, dans un pays situé sur la côte ouest du continent, le Cameroun. Il y avait un petit village tranquille, au nord du pays, où vivait depuis plusieurs siècles une tribu avec ses coutumes et ses habitudes…

Les femmes s'occupaient des tâches ménagères, des enfants, de la cuisine, des jeux ; la principale occupation des hommes était la chasse. Ils ne chassaient pas seulement pour le plaisir, mais aussi et surtout pour se procurer leur nourriture. Les hommes étaient de grands chasseurs et de vaillants guerriers respectés et aimés des tribus voisines, qui vantaient leur courage. Chez ces anciennes peuplades africaines, la chasse était un rite auquel les enfants étaient initiés dès leur plus jeune âge.

Dans ce petit village vivait une famille. Il y avait Sanala, la mère, Pinto, le père, et un garçon nommé Lygaya. Lygaya, qui allait bientôt avoir douze ans, se préparait à être « initié ». Ce rite ancestral consistait à passer une nuit seul, dans la forêt, parmi les bêtes sauvages. Au petit matin, lorsque le jeune garçon revenait, il était accueilli par le chef du village qui, entouré des hommes, lui remettait son premier couteau.

Une fête était alors organisée en son honneur, en reconnaissance de son courage, et le soir tout le monde chantait et dansait au son du tam-tam, pendant que le garçon, épuisé de sa nuit, s'endormait paisiblement, heureux d'avoir pu échapper aux animaux sauvages et d'avoir retrouvé sa famille. Après avoir subi cette épreuve, il était accepté dans le monde des hommes et ceux-ci l'emmèneraient dorénavant avec eux à la chasse.

Ce jour-là, donc, Lygaya attendait anxieusement la tombée de la nuit qui serait celle de son initiation. C'était un après-midi identique aux autres. Le village était endormi, c'était l'heure de la sieste ; tout était calme. Il faisait une chaleur écrasante. Heureusement, les maisons, que l'on appelle des « cases », offraient un bon abri. Construites avec de la boue séchée et leurs toits recouverts de feuilles de palme, elles étaient fraîches à l'intérieur.

Lygaya n'arrivait pas à s'endormir. Son anxiété grandissait au fur et à mesure que la journée avançait. Il se demandait ce que serait sa nuit et comment il trouverait le courage de se battre contre les animaux sauvages qu'il risquait de rencontrer. Ce jour-là, exceptionnellement, les hommes qui d'habitude partaient parfois plusieurs jours à la recherche de gibier, n'étaient pas partis chasser.

Lygaya songeait à tous ces dangers qu'il devrait peut-être affronter lorsque, soudain, des cris retentirent… Il se leva, mais à peine eut-il posé son pied sur le sol qu'un homme de très grande taille fit irruption dans la case. Il avait un sabre à la main et portait un turban blanc, enroulé autour de la tête. Il n'avait pas la peau noire et son teint, doré comme le sable, faisait ressortir ses yeux très bleus. Il avait un regard cruel et perçant qui fit frissonner de peur Lygaya. Son nez, légèrement crochu, lui donnait l'aspect terrifiant d'un oiseau de proie. Les parents de Lygaya s'étaient levés à leur tour et observaient l'étranger d'un œil hébété. L'homme fit signe à toute la famille de sortir de la case.

— Allez dehors, vite ! Vite ! dit-il dans leur langue en les poussant vers l'extérieur.

— Que se passe-t-il ? demanda le père de Lygaya.

— Avance... dehors ! Dehors ! répéta l'homme au turban.

Toute la famille fut ainsi expulsée de sa case.

Sur la place du village, tous les habitants étaient rassemblés, entourés d'autres hommes enturbannés. Ils étaient une trentaine, tous armés d'un sabre. Certains d'entre eux portaient un fouet à la ceinture.

Pinto, qui était estimé dans la tribu pour sa sagesse et son courage, semblait comprendre ce qui se passait. Il se pencha vers son fils et lui chuchota quelques mots dans le creux de l'oreille :

— Surtout, reste près de moi... Ne crains rien... et fais ce qu'ils te diront. Ce sont des Maures. Des hommes sans cœur... des marchands d'esclaves !

Le ton de Pinto effraya Lygaya. Il avait déjà entendu parler d'histoires semblables qui étaient arrivées dans d'autres villages éloignés. Cela se passait toujours de la même façon : les marchands d'esclaves arrivaient dans le village, généralement en pleine nuit ou durant l'heure de la sieste ; ils rassemblaient les habitants sur la place et les séparaient en deux groupes — d'un côté les hommes, de l'autre les femmes et les enfants. Ils les attachaient ensuite les uns aux autres et les conduisaient dans un endroit d'où ils ne revenaient jamais.

Des rumeurs circulaient à ce sujet... Certains disaient que les prisonniers étaient emmenés au-delà du désert et que les Maures les faisaient travailler comme esclaves. Personne n'avait jamais pu confirmer de telles histoires. On savait seulement que de nombreux villages avaient été ainsi vidés de leur population.

L'un des Maures s'avança vers la famille de Lygaya. Il parlait parfaitement bien le bantou, la langue des gens du village.

— Toi, dit-il, en s'adressant à Pinto. Approche…

Pinto lâcha la main de son fils et s'avança en baissant la tête. Dans cette situation incompréhensible, il était humilié de ne pouvoir réagir comme un vaillant guerrier.

L'homme lui fit signe de rejoindre le groupe déjà formé sur sa droite. Pinto s'exécuta sans rien dire. Il savait que cela ne servirait à rien de se rebeller, sinon à mettre sa vie et celle des siens en danger.

Sanala et Lygaya rejoignirent à leur tour le groupe des femmes et des enfants.

Des mères pleuraient, car leurs bébés devaient rester au village avec les vieillards. En effet, les marchands d'esclaves ne voulaient pas s'encombrer d'enfants de moins de dix ans, sachant par expérience qu'ils ne supporteraient pas le voyage et qu'ils mourraient avant d'avoir atteint la côte. Les cris et les pleurs des femmes se mêlaient aux ordres des Maures, qui faisaient claquer leur fouet, tandis que les vieillards tentaient de protéger de leur corps leurs petits-enfants.

Après avoir choisi les hommes, les jeunes femmes et les enfants les plus robustes, ils les lièrent les uns aux autres et les obligèrent à s'asseoir. L'un des Maures déposa plusieurs « carcans » à terre. Il s'agissait de planches de bois massif, d'environ deux mètres de long, fourchues à l'un des bouts. En quelques minutes, les carcans furent fixés aux prisonniers qui n'auraient ainsi plus aucune possibilité de s'échapper.

Quant aux enfants, ils furent simplement attachés les uns aux autres avec une corde. La caravane ainsi constituée se mit alors en route en direction de l'Ouest, vers la côte.

Ils marchèrent ainsi durant des jours et des jours sous un soleil brûlant. Leurs corps étaient couverts de poussière, la plante de leurs pieds les faisait souffrir. Même les plus forts et les plus endurcis faiblissaient. La nuit, un campement était organisé. C'était le seul moment de la journée où les prisonniers pouvaient se reposer et dormir, sous la surveillance d'une dizaine de gardes. Deux fois par jour, on leur servait un repas composé d'eau et de manioc, une sorte de tapioca.

Le soir, Lygaya pleurait en silence avant de s'endormir. Il était triste de voir ses parents attachés et parfois battus, lorsqu'ils n'avançaient pas assez vite. Lygaya souffrait. Il pensait à s'enfuir… mais comment pourrait-il partir ? Il ne pouvait se résigner à abandonner ses parents…

Ce voyage dura vingt jours et vingt nuits. À l'aube de la vingt et unième journée, épuisés, couverts de poussière, ils atteignirent la Côte des Esclaves, au Sénégal.

Lygaya n'en revenait pas. C'était la première fois qu'il voyait la mer ! Jamais il n'aurait pu imaginer qu'une telle merveille pût exister… Il s'arrêta pour contempler l'immense étendue d'eau devant lui. Émerveillé, il demeura un instant interdit devant ce désert bleu qui s'étalait à perte de vue.

— Eh toi… avance ! Allez, avance ! cria l'un des gardes. Avancez… allez ! reprit-il en faisant claquer son fouet.

Tous les prisonniers s'étaient arrêtés pour admirer la mer, mais les coups de fouet les rappelèrent bientôt à l'ordre et la caravane reprit sa route.

À la tombée du jour, ils arrivèrent dans un petit village de pêcheurs. Apparemment, tout semblait tranquille. Rien ne bougeait. La caravane se dirigea vers la place du village et les gardes firent entrer les prisonniers dans une immense case sans toit, où d'autres Noirs étaient entassés. Ils ôtèrent les carcans et détachèrent les chaînes qui emprisonnaient les hommes. L'enclos était petit, étroit, d'une saleté repoussante. L'air était imprégné d'une forte odeur d'urine et de sueur.

Une fois libéré, Lygaya se précipita dans les bras de sa mère. Pinto vint les rejoindre.

— Ils vont nous laisser là quelque temps, je pense. J'ai entendu dire des choses affreuses sur ces hommes. Il faut que tu saches, Lygaya, que nous risquons d'être séparés. Si tu te retrouves seul, il faudra que tu sois fort... très fort, comme un vrai chasseur. Nous ne devons pas chercher à nous enfuir, ils

nous tueraient... Tu feras donc exactement ce qu'ils te diront de faire, mais si
jamais une occasion se présentait à toi...
File... Ne t'occupe pas de nous...

L'enfant comprit que leur situation
était désespérée.

Sanala serra son fils dans ses bras. Son
regard trahissait son inquiétude.

— Que vont-ils nous faire? Pourquoi
nous gardent-ils prisonniers?

— Ce sont des marchands d'esclaves,
Sanala, répondit Pinto. Ils nous vendront
dans les jours prochains à d'autres
marchands qui nous emmèneront
de l'autre côté de l'eau. Nous serons
peut-être séparés pour toujours...

Pinto n'eut pas le temps d'achever
sa phrase. Dix gardes, munis de seaux
d'eau, entraient.

— Les derniers qui viennent d'arriver...
avancez! cria l'un d'eux en bantou.

Pinto, Sanala et Lygaya avancèrent
ensemble. Les autres les suivirent.

Les gardes alignèrent tous les prisonniers côte à côte et les aspergèrent d'eau
pour les nettoyer de la poussière du
voyage. L'eau était fraîche. Lygaya passa
sa langue sur ses lèvres et fut étonné d'y

découvrir un goût nouveau. Il n'avait encore jamais goûté à l'eau salée. De l'eau de mer...

Après cette toilette forcée, une ration de manioc accompagnée de boulettes de viande leur fut servie. Une fois leur repas pris, les derniers arrivants s'endormirent, épuisés.

Le lendemain matin, les rayons du soleil réveillèrent Lygaya. Il avait passé la nuit blotti contre sa mère. Le sommeil lui avait fait oublier pendant quelques heures la situation misérable dans laquelle ses parents et lui se trouvaient. Il reprit ses esprits et se leva d'un bond. Dans un coin de l'immense case, les hommes étaient assis en rond et discutaient de la situation. Le ton était sérieux et chacun tentait de trouver une solution, se promettant les uns les autres de s'occuper des enfants s'ils étaient séparés de leurs parents. Des bribes de conversation parvinrent aux oreilles de Lygaya :

— Il faudra protéger les femmes et les enfants et, surtout, ne jamais nous battre entre nous... Toujours nous aider les uns les autres... C'est une question de survie ! dit l'un d'entre eux.

— La condition d'esclave est très dure... Certains d'entre nous n'arriveront pas de l'autre côté de l'eau... Déjà que le voyage jusqu'ici nous a épuisés... Combien de temps durera la traversée de l'eau? Nous n'en savons rien... Et de plus, nous ne sommes pas nourris correctement... reprit un autre.

— Je pense à mon fils... à nos enfants... Qu'adviendra-t-il d'eux si jamais parents et enfants étaient séparés? Auront-ils le courage de supporter les coups et les souffrances qui sont le lot des esclaves? Il faut que nous nous promettions tous de les protéger et de les aider...

C'était la voix de Pinto. Les yeux de Lygaya s'embuèrent. Ainsi donc, on allait peut-être lui arracher ses parents? L'enfant sentit une grande tristesse l'envahir.

Vers midi, on leur distribua de la nourriture: du riz, des fèves et quelques fruits. Les rations étaient copieuses, car les futurs esclaves devaient être en parfaite santé. En effet, au cours des jours suivants, ils seraient présentés aux acheteurs, sans compter qu'il leur faudrait supporter un long voyage en mer.

Ils purent ainsi se reposer durant trois jours complets. À l'aube du quatrième jour, les geôliers déposèrent des seaux d'eau à l'entrée de la case et leur ordonnèrent de se laver. Il n'y avait que trois seaux pour tous les prisonniers. Les hommes décidèrent que les enfants et les femmes se laveraient les premiers. Lygaya aspergea son visage avec un peu d'eau et s'aperçut qu'en séchant, l'eau laissait sur sa peau des traces blanches : c'était des traces de sel.

Après le repas de midi, la porte s'ouvrit de nouveau et une vingtaine de Maures, armés de sabres et de fouets, ordonnèrent à tous de sortir. Sur la place, un homme blanc était assis à une petite table en bois sur laquelle reposait un gros livre. L'homme parlait une langue inconnue… C'était un Français, un négrier — ainsi appelait-on les marchands d'esclaves. À côté de lui, il y avait un « gongon », une sorte de cloche que l'un des gardes secouait chaque fois qu'il voulait attirer l'attention de l'assistance.

Debout sur la place, tout autour, des hommes richement habillés attendaient le début de la vente. C'était le marché aux esclaves! Dans un coin, des marchandises étaient entassées : tissus de coton enroulés, tonneaux d'eau de vie, fusils, étoffes de toutes les couleurs, barils de poudre et pacotilles… Il y avait aussi des « cauris », ces petits coquillages indiens qui, à cette époque, servaient de monnaie d'échange dans ce pays. Les marchandises apportées par les négriers allaient être bientôt troquées contre les prisonniers.

— Toi, viens ici…

L'homme enturbanné s'adressait à Lygaya.

L'enfant lâcha la main de sa mère et se dirigea timidement vers lui. L'homme l'entraîna brutalement par le bras au centre du groupe, sur la place.

— Voici un négrillon (c'est ainsi que l'on appelait les enfants noirs à cette époque). Il est en parfaite santé… Il doit avoir une douzaine d'années et peut être vendu seul ou avec sa mère… Il est robuste, sa dentition est parfaite… il supportera très bien le voyage… Il sera à celui qui m'en donnera un fusil, quatre pièces de cotonnade, un baril d'eau de vie et un collier de corail! annonça-t-il à l'assistance.

— Trop cher! cria une voix dans l'assemblée des négriers. Une pièce de cotonnade suffit!

— Quoi? Une seule pièce de cotonnade pour un petit négrillon qui deviendra dans quelques années un fort et beau Noir, qui pourra être père d'autres petits esclaves? Soyez raisonnables! C'est un bon prix! Vous savez tous qu'il est de plus en plus difficile de les capturer, car ils sont devenus méfiants…

— Il est à moi! cria une voix. Je l'embarque demain à l'aube. Il me faut encore une dizaine d'esclaves pour remplir les cales de mon navire. La cargaison qui s'y trouve actuellement n'est pas suffisante. Et il y a encore de la place pour du «bois d'ébène». Je veux rentabiliser mon voyage. Nous appareillerons demain dans la journée.

Lygaya fut poussé de l'autre côté de la place du village, vers un groupe d'esclaves assis par terre et surveillés par des hommes armés. De l'endroit où il se trouvait, il pouvait suivre sans peine les événements.

Deux gardes se dirigèrent vers le groupe d'esclaves où se trouvaient Pinto et Sanala... Ils les empoignèrent et les ramenèrent avec eux. Lygaya ne comprenait pas ce qui se passait, car les hommes ne parlaient pas bantou, mais français. Lorsqu'il vit l'homme qui venait de l'acheter se diriger vers Sanala, son sang ne fit qu'un tour.

— Combien la femme noire ? demanda-t-il.

— Trois tonneaux d'eau de vie, deux fusils, deux barils de poudre... répondit le marchand. Elle peut avoir d'autres enfants... Elle est jeune et en bonne santé. C'est la mère du petit négrillon que vous venez d'acheter... ajouta-t-il.

— Je l'achète pour deux barils et un fusil, dit l'autre, tout en inspectant les yeux, les mains, les dents et en palpant les bras de Sanala.

— Si tu me donnes un tonneau d'eau de vie en plus, je te la laisse. Sinon, je perds mon temps avec toi... Je peux aussi te vendre le père. À condition que tu me donnes deux fois plus de tonneaux d'eau de vie et que tu rajoutes trois fusils, dit-il en désignant Pinto du doigt.

— Non! Je ne veux pas du père. Une famille complète sur un navire, ça peut créer des problèmes. La mère et l'enfant seulement. Demande-leur de sauter et de remuer les bras. Je veux voir si leurs articulations sont en bon état.

Le marchand se retourna vers Lygaya et Sanala. Il leur cria en bantou:

— Vous deux… Venez ici! Remuez vos bras et vos jambes. Allez, vite!

Pinto observait la scène et vit Sanala qui, humiliée, fut obligée de sauter en remuant ses jambes et ses bras, comme un pantin désarticulé… Lygaya imita sa mère; ses yeux lançaient des appels de détresse.

— Parfait, reprit le capitaine du navire, ils semblent être en bonne condition physique. Tu auras la marchandise réclamée. As-tu d'autres Noirs à me proposer?

Le marchand repoussa Lygaya et sa mère devant un garde armé qui les ramena vers le petit groupe d'esclaves.

Lygaya, qui s'était rapproché de sa mère, vit deux larmes couler lentement sur ses joues. Il baissa la tête, serra très fort ses poings, impuissant, et se mit à pleurer.

2

LE VOYAGE

Lygaya et sa mère attendaient, assis, avec les autres esclaves. Le groupe de Pinto avait déjà rejoint la case principale. En fin d'après-midi, trois gardes armés conduisirent Lygaya, Sanala ainsi que les autres esclaves vendus, vers une case au milieu de laquelle brûlait un feu. Un homme s'affairait autour du brasier.

Lygaya comprit immédiatement ce qui les attendait : les esclaves vendus allaient être marqués au fer rouge, afin qu'on puisse les identifier facilement. Lorsque son tour arriva, Lygaya ferma les yeux et serra les dents. La morsure de la brûlure le transperça. Le sol se déroba sous ses pieds et il perdit connaissance. Un des hommes lui jeta alors un seau d'eau fraîche à la figure. Lorsqu'il ouvrit les yeux, Sanala, en larmes, lui caressait doucement les cheveux.

Lygaya remarqua sur le bras de sa mère la marque qu'avait laissée le fer rouge. Puis, les gardes les ramenèrent à la case principale, où ils retrouvèrent Pinto et les autres.

Lorsque Pinto vit Sanala et Lygaya apparaître dans l'embrasure de la porte, il se précipita sur eux. Le regard de Sanala en disait long.

— Ils ont mis une marque sur notre peau! Que vont-ils faire de nous à présent? demanda Sanala.

— Ils vont nous faire travailler, Sanala. Comme ils font aussi travailler les animaux, répondit Pinto.

Puis, il fit ce qu'il n'avait pas fait depuis fort longtemps: il prit Lygaya dans ses bras et l'emmena vers un coin reculé de la case où il le déposa sur une paillasse. Lygaya s'endormit.

Le lendemain à l'aube, accompagnés de trois marins, les gardes vinrent chercher Sanala, Lygaya et cinq autres prisonniers qui avaient été vendus la veille. Pinto serra une dernière fois son fils dans ses bras. Lygaya comprit qu'ils seraient séparés et qu'il ne reverrait sans doute jamais plus son père.

— Surtout, prends soin de ta mère et sois fort, comme un vrai chasseur, dit Pinto. Souviens-toi toujours de notre village et des moments heureux que nous avons passés ensemble. Et si tu es séparé de ta mère, si tu es seul, sois courageux et pense souvent à nous… Ne baisse jamais les bras. Ne te décourage jamais !

Puis il se tourna vers Sanala et, doucement, lui toucha l'épaule pour lui dire au revoir. En pleurant, elle prit la main de Lygaya dans la sienne et suivit le groupe d'esclaves encadré par les gardes.

Après être sortis du village, ils empruntèrent un petit chemin qui menait à la mer. Lorsqu'ils arrivèrent sur la plage, les gardes les firent monter dans une chaloupe. Malgré son anxiété, Lygaya fut à nouveau subjugué par l'immensité de la mer. Les yeux grands ouverts, il ne pouvait détacher son regard de l'eau. Au loin, un énorme navire avait jeté l'ancre et attendait sa cargaison. C'était un vaisseau négrier…

La chaloupe dans laquelle les marins et les esclaves avaient pris place aborda le vaisseau quelques minutes plus tard. Sous l'œil attentif du capitaine, une dizaine de marins, armés de fusils, aidèrent les esclaves à monter à bord. Puis, après avoir déposé sa «cargaison», la petite embarcation s'éloigna en direction du rivage.

Dès qu'il fut sur le pont, Lygaya, qui n'était pas habitué au balancement du navire, perdit l'équilibre. Il avait l'impression que tout tournait autour de lui et il avait du mal à se maintenir debout et droit. Le navire tanguait, tantôt d'un côté, tantôt de l'autre. Ce fut pire lorsqu'ils descendirent dans l'entrepont. L'un des marins ouvrit la porte; aussitôt, une odeur pestilentielle d'urine monta du fond du navire: Lygaya eut un haut-le-cœur.

Il faisait noir dans le ventre du navire, mais on devinait la présence d'autres prisonniers. Lorsque ses yeux se furent habitués à l'obscurité, Lygaya put discerner d'autres esclaves, tous enchaînés, entassés les uns sur les autres. Ils étaient allongés sur des planches alignées sur deux niveaux. Certains d'entre eux gémissaient, d'autres étaient parfaitement immobiles et silencieux, l'œil hagard. Tous souffraient du mal de mer. Il y avait à peu près deux cents personnes parmi lesquelles d'autres enfants, comme lui.

On enchaîna immédiatement les nouveaux arrivants. Seuls les enfants pouvaient rester libres de leurs mouvements. Fatiguée, Sanala s'allongea. Lygaya se coucha à ses côtés, mais à cause du mal de mer, il n'arrivait pas à s'endormir. Il ferma les yeux et ce fut pire... Il avait l'impression que le sol se dérobait sous lui et, ne parvenant pas à maîtriser les spasmes de son estomac, il se mit à vomir.

Les prisonniers ne pouvaient cacher l'angoisse qu'ils éprouvaient en entendant les craquements lugubres de la coque du bateau. Lygaya aussi avait peur. Ses muscles se contractaient et son ventre lui faisait mal. Il regardait autour de lui et n'en croyait pas ses yeux. Le spectacle qui s'offrait à lui était ahurissant : dans la demi-obscurité, de nombreux esclaves vomissaient, d'autres se lamentaient en se tordant de douleur. L'air était suffocant, irrespirable.

Au bout de quelques minutes, Lygaya se sentit un peu mieux. Il aperçut alors d'autres enfants rassemblés dans un coin de l'entrepont. Il décida de les rejoindre. Tant bien que mal, tentant de conserver son équilibre, il avança vers le petit groupe. Chacun parlait dans la langue de sa tribu, ce qui rendait la communication difficile. Une petite fille s'approcha de Lygaya. Il la connaissait et fut heureux de rencontrer un visage familier. Elle venait du même village que lui. Elle s'appelait Anama et, comme lui, elle parlait le bantou.

— Où sont tes parents? lui demanda-t-il?

— Je suis toute seule, mon père et ma mère sont restés sur la terre. J'ai peur! avoua-t-elle en baissant la tête.

Malgré sa propre frayeur, Lygaya tenta de rassurer Anama qui était terrorisée.

— Salamo, le sorcier, dit que les Blancs nous emmènent de l'autre côté de l'eau pour nous manger. Crois-tu que cela soit vrai? demanda-t-elle.

— Non, c'est faux. Mon père, Pinto, m'a dit que c'était pour nous faire travailler... comme des esclaves. Ce sera très dur. Ne crains rien, nous resterons ensemble. Mon père est resté sur la terre, mais ma mère est avec moi. Elle s'occupera de toi...

Tout à coup, le navire fit un bruit épouvantable. Il craquait de partout... On aurait dit qu'une main géante cherchait à l'écraser. Puis le bateau bougea et, brusquement, se pencha d'un côté, celui où les voiles se gonflaient : il donnait de la gîte. Lygaya se recroquevilla sur lui-même. Les autres enfants, pris de panique, l'imitèrent. Une grande frayeur s'empara de lui et il se mit à trembler. Anama cacha sa tête entre ses genoux. Lorsque le navire se stabilisa, Lygaya comprit que le grand voyage dont lui avait parlé son père commençait. Le bateau négrier sortit de la rade et se dirigea vers le large, toutes voiles dehors.

Deux heures passèrent. Lygaya et Anama, désemparés, restaient près de Sanala qui, elle aussi, souffrait du mal de mer. Autour d'eux, d'autres adultes étaient mal en point. Lygaya n'avait pas bougé et avait conservé sa position initiale. Toujours immobile, Lygaya tournait et retournait dans sa tête les questions auxquelles, malheureusement, personne ne pouvait répondre : « Peut-être allons-nous passer le restant de nos jours sur cette case flottante, se disait-il. Peut-être que, de l'autre côté de l'eau, il n'y a pas de terre… et que nous allons revenir au point de départ… Combien de temps cela va-t-il durer ? J'ai peur… très peur. »

Soudain, la porte s'ouvrit. Six marins entrèrent dans l'entrepont et y déposèrent trois gros tonneaux de vinaigre.

L'un d'eux fit signe aux enfants :

— Allez, hop ! Sur le pont, les négrillons.

Ne comprenant pas ce que disait le marin, les quinze enfants se rapprochèrent les uns des autres en protégeant leur visage de leur bras, de crainte d'être battus.

Le marin s'approcha du petit groupe, prit deux enfants par la main et les entraîna vers le pont. Lygaya, qui tenait la petite main d'Anama dans la sienne, décida de les suivre. Confiants, les autres enfants leur emboîtèrent le pas.

Sur le pont, le vent frais du large fouetta leur visage et leur fit beaucoup de bien. Les enfants étaient ébahis par le spectacle qui s'offrait à eux. La grand-voile était gonflée par le vent, entourée d'autres, plus petites, qui ressemblaient à des ailes d'oiseau. La mer avait changé de couleur. Maintenant, elle était bleu foncé, presque noire. Lygaya se souvint que près de la côte, l'eau était verte et cristalline. Il oublia un moment sa peur et leva la tête : tout en haut du mât de misaine, un marin scrutait l'horizon. L'enfant l'enviait de pouvoir être si près du ciel... si loin de l'entrepont et de son horreur.

Le corps de Lygaya commençait à s'habituer au roulis et l'enfant arrivait presque à conserver son équilibre. Son regard ne pouvait se détacher du grand mât. La vigie, de son poste d'observation, cria quelques mots. Lygaya était passionné par tout ce qui l'entourait. Il ne comprenait pas comment une « case » aussi grosse pouvait flotter et glisser sur l'eau aussi vite.

De moins en moins méfiants, les enfants se dirigèrent vers l'avant du bateau, accompagnés par l'un des marins. Leurs regards ne pouvaient se détacher de l'océan. Les vagues fouettaient la proue du navire et les gamins s'amusaient des embruns. Les gouttelettes d'eau de mer, emportées par le vent, s'écrasaient sur leurs visages. D'énormes poissons sautaient devant le navire et semblaient lui ouvrir le chemin. C'était des dauphins. Ils accompagnèrent le navire pendant presque tout le voyage. Parfois, des requins aussi suivaient le bateau, dans l'espoir de récupérer les restes des repas.

Lygaya était émerveillé par tout ce qu'il découvrait, mais il était cependant malheureux à cause de sa condition. Si au moins il avait pu partager son enthousiasme avec Sanala, qui était restée enchaînée comme un animal dans l'entrepont!

À la fin de la journée, l'un des marins les reconduisit à l'entrepont.

— Il est l'heure d'aller se coucher, leur dit-il, en les dirigeant vers le ventre du navire.

En bas, la chaleur était étouffante et l'odeur fétide qui y régnait, parut insupportable à Lygaya et à ses amis. Il retrouva immédiatement sa mère. Sanala souffrait en silence, recroquevillée sur elle-même. Trop malade, comme beaucoup d'autres esclaves, elle n'avait pu manger la ration de fèves et de riz pimenté qui lui avait été donnée. Près d'elle, une jeune femme ne cessait de pleurer depuis le départ: on l'avait séparée de son jeune enfant, qui était resté dans son village natal.

Lygaya s'allongea près de sa mère. Il pensait à son père. Où était-il maintenant? Pourquoi avaient-ils été séparés? Il se demandait si, un jour, il retournerait dans son village et reverrait son grand-père. «Comment vais-je faire, maintenant, pour devenir un grand chasseur?» se lamenta-t-il. À côté de lui, la petite Anama faisait des efforts pour trouver le sommeil. Balancés par le roulis du navire, les deux enfants finirent par s'endormir.

Le lendemain matin, les marins firent irruption dans l'entrepont. Ils délivrèrent les femmes qui, dès lors, purent aller et venir à leur guise sur le navire. L'une d'elles, prise de panique, parvint à échapper à la vigilance des geôliers et sauta par-dessus bord. Le vaisseau poursuivit sa route...

Horrifié par ce qu'il venait de voir, Lygaya se sentit défaillir. Il s'assit un instant, ferma les yeux et tenta de retrouver dans ses souvenirs quelques images de son village. Il huma très fort l'air du large et rouvrit les yeux, comme pour se persuader qu'il venait de faire un cauchemar. Il sentit alors la main de Sanala se poser sur sa tête. Leurs regards se croisèrent et l'enfant crut discerner dans les yeux de sa mère une profonde détresse. Doucement, il prit sa main, la serra très fort dans la sienne et enfouit son visage au creux de son épaule, comme il le faisait quand il était plus petit. Cela le rassura ; il releva la tête et sentit des gouttelettes sur sa peau. C'était les larmes de Sanala.

Pendant la première semaine, les esclaves furent étroitement surveillés par l'équipage. Les hommes étaient enchaînés deux par deux dans l'entrepont, alors que les femmes et les enfants pouvaient se déplacer librement sur le navire. Les femmes aidaient à la préparation des repas, pendant que les enfants allaient d'un marin à l'autre, couraient de la poupe à la proue, exploraient les moindres recoins du navire, s'interrogeant sur tout ce qu'ils découvraient.

Lygaya tentait de comprendre le fonctionnement du bateau, observait les voiles, se demandant pourquoi subitement trois voiles étaient affalées et remplacées par quatre autres... Des milliers de questions affluaient à son esprit, au sujet d'un univers qui lui était inconnu.

Dès le cinquième jour, l'un des marins libéra cinq hommes pour qu'ils surveillent les autres esclaves. En leur donnant la responsabilité des prisonniers, on les obligeait ainsi à dénoncer les complots ou les mutineries.

À l'aube du huitième jour, l'un d'eux dit à quelques esclaves :

— Il faut laver le pont du bateau.

Les esclaves s'exécutèrent, aidés des enfants qui voyaient cela comme un jeu. Lygaya savait, lui, que ce n'était pas un jeu mais une servitude et que, dorénavant, il devrait toujours obéir aux ordres. Il sentit alors naître en lui une profonde haine contre ces hommes qui le traitaient comme un animal. Il fallait qu'il trouve un moyen de s'échapper avec sa mère et Anama. Mais comment? L'image de la jeune femme qui s'était jetée à la mer lui revint à l'esprit. Découragé, il décida de ne rien tenter et reprit son travail.

Tous les trois jours, l'entrepont était nettoyé à grande eau et désinfecté avec du vinaigre et de l'encens, afin d'éviter que la vermine ne s'y installe. L'odeur de l'encens qui se mélangeait à celle du vinaigre et de l'urine incrustée dans le bois, soulevait le cœur des passagers de l'entrepont.

3

UNE NOUVELLE TERRE

Il y avait dix jours maintenant que le navire avait pris la mer. La vie à bord s'était organisée. Lygaya ne se posait plus trop de questions et semblait attendre ce que l'avenir lui réservait. Il ne pouvait pas savoir que ce navire avait déjà transporté plusieurs cargaisons d'esclaves, de l'Afrique vers l'Amérique, et qu'il continuerait encore à le faire jusqu'en 1860, date de l'abolition de l'esclavage.

Chaque jour, depuis le début du voyage, les prisonniers étaient réunis par groupe de dix sur le pont, puis aspergés d'eau. C'était là l'unique mesure d'hygiène à laquelle ils avaient droit.

Au matin du dixième jour, après qu'on eut rassemblé et lavé à grande eau les esclaves, on leur rasa le crâne pour que les poux ne s'installent pas dans leur chevelure.

— Toi... approche... à ton tour ! dit un marin en s'adressant à Lygaya en bantou.

Lygaya ne bougea pas. Il avait très peur de se faire raser la tête, car il pensait que sa chevelure ne repousserait plus. Le marin se dirigea vers l'enfant et l'obligea à s'asseoir sur un petit tabouret. Lygaya, muscles tendus, ne broncha pas et se laissa faire, comme les autres.

Puis, vint le tour de Sanala. L'enfant fut attristé de voir tomber sur le sol les petites nattes de sa mère. Il savait que Sanala avait beaucoup de peine, car dans son village les femmes passaient des heures à se natter les cheveux. Cela faisait partie des attributs de leur beauté. Une femme chauve était considérée comme laide.

Lorsqu'elle eut la tête rasée, Sanala éprouva une si grande honte qu'elle tenta de dissimuler son crâne avec ses mains. Voyant cela, les marins se mirent à rire et se moquèrent d'elle. Une colère sourde s'empara de Lygaya qui, impuissant, ne put intervenir. Encore une fois, il ressentit très fort l'humiliation de l'esclavage.

— Bien! dit le marin en s'adressant à Lygaya. Maintenant, tu vas voir le chirurgien...

Tout en parlant, il lui désigna du doigt un drôle de bonhomme.

Le «chirurgien» était un petit homme ventru qui portait des lunettes rondes, perchées sur le bout d'un gros nez rouge. Il avait une grande barbe rousse qui lui mangeait le visage et des cheveux hirsutes. Le bonhomme s'approcha de l'enfant:

— Respire, dit-il.

Voyant que Lygaya ne comprenait pas, il inspira profondément et invita l'enfant à l'imiter. Puis, il appliqua son oreille contre le torse de Lygaya, qui se demandait ce que cet homme à la chevelure de feu pouvait bien entendre dans son corps.

À partir de ce jour et pendant tout le voyage, le médecin du navire (que l'on appelait à l'époque le «chirurgien») ausculta chacun des esclaves. Lorsque l'un d'eux semblait atteint par une maladie, il était immédiatement mis à l'écart, afin de ne pas contaminer les autres.

Malgré cette précaution, quelques esclaves moururent du scorbut, une maladie très courante à cette époque sur les navires, causée par le manque de vitamine C. Cela commençait toujours par de la fièvre, suivie par un amaigrissement et des vomissements. Si le malade n'était pas soigné, d'importantes hémorragies survenaient, puis c'était la mort.

Après avoir été ausculté par le drôle de bonhomme, Lygaya décida d'écouter à son tour le corps d'Anama. Il posa son oreille contre le dos de la fillette, comme il l'avait vu faire par l'homme roux, mais, bien évidemment, il n'entendit rien.

— Il doit avoir un secret, dit-il à Anama.

— C'est le sorcier, répondit la fillette, sûre d'elle.

Lygaya regardait le chirurgien d'un air pensif. «Curieux sorcier que ce petit homme au gros ventre, pensa-t-il. Où sont donc ses herbes?» Dans son village, les sorciers portaient, autour de la taille, des herbes qui servaient à la guérison des malades. Celui-ci n'en possédait pas, hormis une grande mallette, d'où parfois il sortait un objet bizarre.

Plusieurs esclaves étaient très mal en point. Sanala avait beaucoup maigri et Lygaya craignait qu'elle ne tombât malade, comme les trois esclaves qui étaient déjà morts du scorbut.

Trois jours plus tard, au moment de la toilette, des prisonniers voulurent se rebeller. Un jeune esclave, après avoir trouvé un clou sur le pont, réussit à enlever les fers qui emprisonnaient sa cheville. Puis, il délivra trois autres hommes. Cependant, surpris par leurs gardiens, les quatre esclaves furent attachés au grand mât et fouettés, pour l'exemple, devant les autres prisonniers rassemblés. Lygaya, qui assista à la scène, serra les dents et des larmes voilèrent son regard. Il comprit à quel point il était impuissant face à la méchanceté de ces hommes. À partir de ce jour-là, aucun esclave n'osa plus se mutiner, et le calme revint sur le navire.

Parfois, les marins jouaient avec les enfants, et s'amusaient à leur enseigner leur langue. Lygaya avait très vite appris quelques mots de français, surtout des termes de marine. Il savait maintenant que ce qu'il appelait «l'eau» portait un nom: «l'océan Atlantique». Il avait associé d'autres mots à celui-ci et, chaque matin, il saluait les marins en leur disant: «Océan Atlantique... Beau!», lorsque la mer était calme, ou bien: «Océan Atlantique... Pas beau», lorsque la mer était houleuse. Anama, toujours anxieuse, le suivait partout. La fillette était encore persuadée qu'elle servirait de nourriture aux Blancs dès que le bateau accosterait. Lygaya avait beau la rassurer, rien n'y faisait.

Une nuit, le navire se mit à bouger très fort, à se balancer dans tous les sens et à craquer de toutes parts. Le bruit était infernal. Tous les esclaves furent malades. De l'eau s'infiltra dans l'entrepont et personne ne put dormir. Tous étaient angoissés et croyaient qu'ils iraient bientôt rejoindre leurs ancêtres. L'humidité se faisait plus enveloppante, car l'entrepont était inondé.

— L'eau est en colère! criaient certains esclaves.

— Les dieux sont contre nous, dit l'un d'eux, qui avait été sorcier dans son village.

Lygaya et Anama s'étaient blottis contre Sanala.

— J'ai peur, dit Lygaya d'une voix tremblante.

— Ne bouge pas, reste près de moi. Je vais te chanter une chanson, répondit sa mère.

Elle entama une mélopée, un air que Lygaya connaissait, qu'elle chantait pour l'endormir lorsqu'il était petit. Les autres esclaves se mirent à chanter à leur tour et leurs voix parvinrent presque à couvrir les craquements du bateau. Ces chants rassurèrent les enfants.

Le lendemain, les enfants ne furent pas autorisés à monter sur le pont.

Lygaya comprit que l'océan Atlantique s'était déchaîné. C'était une tempête. Elle dura deux jours et deux nuits pendant lesquels personne ne put trouver le repos. Les esclaves durent passer tout ce temps enfermés, pendant que les marins s'affairaient sur le pont.

— Joue... demanda Lygaya à un esclave qui possédait un tam-tam. Celui-ci avait été autorisé à conserver son instrument pour distraire les captifs.

Dès que le tam-tam résonna dans l'entrepont, les prisonniers chantèrent de nouveau, pour oublier leur angoisse. Leurs chants s'élevaient, graves et nobles, sans aucune parole. Les voix gutturales se développaient doucement, gagnant lentement en puissance pour former un ensemble harmonieux où se mêlaient les voix des femmes à celles, plus puissantes, des hommes. Ce chœur traduisait l'infinie tristesse de tous les prisonniers.

La tempête passée, la vie à bord reprit son cours. Il fallut sécher, nettoyer l'entrepont et remettre le bateau en état après la tourmente qui avait fait de nombreux dégâts.

Le quarantième jour, en début d'après-midi, la voix de la vigie retentit en haut du grand mât.

— Terre! Terre!

De son poste d'observation, l'homme venait de crier le mot magique.

Les marins hurlaient de joie, abandonnant leur corvée pour sauter comme des enfants. Lygaya et ses amis se précipitèrent à l'avant du bateau, pour essayer d'apercevoir ce qui donnait une telle joie aux hommes. Ils virent la côte se profiler à l'horizon. « C'est donc ça, pensa Lygaya. La terre se rapproche. » Lygaya était songeur. Que lui réserverait cette terre qui n'était pas la sienne ? Y aurait-il des villages, des animaux, une forêt pour chasser ? « Est-ce que les hommes me laisseront chasser ? Et notre vie, comment sera-t-elle ? Je serai peut-être séparé de Sanala ? Que deviendra-t-elle sans moi ? » En soupirant, il serra très fort la main d'Anama, essayant de cacher son angoisse à la petite fille.

Cette nuit-là, incapable de dormir à cause de toutes ces incertitudes qui le tiraillaient, Lygaya rejoignit les autres enfants pour jouer aux « abias », l'équivalent du jeu des osselets.

Au petit matin, la porte de l'entrepont resta fermée. Le bateau ne bougeait plus. On entendait seulement un petit clapotis contre la coque. Tout était calme. Les enfants allaient d'un esclave à l'autre pour transmettre les nouvelles, chacun voulant donner des recommandations à un ami, un parent enchaîné à l'autre bout de l'entrepont. En début d'après-midi, l'un des marins vint chercher les enfants.

Lorsqu'ils furent sur le pont, Lygaya découvrit l'immense baie où étaient ancrés une vingtaine de navires. Au loin, il vit une montagne dont le sommet était entouré d'un gros nuage. « Et si ce n'était pas la fin de notre voyage ? » se dit-il. Il se dirigea vers l'un des marins qui raccommodait une voile et lui demanda, dans un français hésitant :

— Bateau pas bouger ?

Le marin, absorbé dans son travail, leva la tête et regarda l'enfant d'un air étonné.

— Non… Nous sommes arrivés. Nous sommes à la Martinique, dans la baie de Saint-Pierre. Nous avons jeté l'ancre ce matin à l'aube. Ton voyage est terminé, petit.

Puis, en lui montrant la terre et la ville au loin, il ajouta :

— Martinique… Saint-Pierre.

Lygaya comprit que c'était le nom de sa nouvelle terre. Il voulut savoir à quel moment les esclaves débarqueraient.

— Nous partir ?

— Non, pas encore, répondit le marin. Nous devons attendre quarante jours sur le bateau puis nous irons à terre plus tard, lorsque le chirurgien aura donné son accord. Ensuite, le navire sera nettoyé, réparé, calfaté, les voiles seront recousues. Nous embarquerons de la marchandise, du sucre, du café, du cacao, du coton et nous reprendrons la mer pour notre pays, la France. Notre port d'attache est Nantes. Nous y débarquerons la marchandise, nous passerons quelque temps avec nos familles, puis nous repartirons vers ton pays, l'Afrique. Et tout recommencera…

Lygaya écoutait le marin, sans vraiment comprendre ce qu'il lui disait. Pourquoi ce navire naviguait-il d'un bout à l'autre de l'océan, avec des hommes et de la marchandise à son bord ? Lygaya ne voyait pas l'intérêt de tout cela.

— Mais pourquoi bateau aller, venir… sur l'eau… ? demanda-t-il.

— Pour l'argent, petit… juste pour l'argent.

Tout en parlant, le marin sortit de sa poche une pièce ronde qu'il montra à Lygaya.

Non, vraiment, Lygaya ne comprenait pas que l'on puisse faire tant de choses inutiles et faire souffrir tant de gens pour une petite plaque de métal. Le marin, assis sur des cordages, regardait au loin.

— J'ai un petit garçon comme toi… Il s'appelle Michel, dit-il.

Lygaya regardait le marin d'un air perplexe. Le visage de l'homme avait changé et sa voix s'était faite plus douce. Lygaya ne comprit pas ses paroles, mais il sentit que l'homme n'était pas mauvais.

Sans doute pour cacher son émotion, le marin se leva et retourna à ses occupations, laissant Lygaya songeur.

L'entrepont fut nettoyé et désinfecté de fond en comble. Les prisonniers reçurent une nourriture beaucoup plus riche, composée de riz pimenté et de boulettes de viande. Des fruits frais furent distribués. Chacun reprenait des forces, pendant que les marins réparaient les dégâts causés par la tempête.

Le dernier jour de la quarantaine, une chaloupe avec trois hommes à bord approcha du navire. Il s'agissait du médecin affecté au port de Saint-Pierre, accompagné par deux marins. Chaque esclave fut ausculté, palpé, examiné attentivement. Alors, le médecin du port s'adressa au capitaine :

— Je vous délivre l'autorisation de débarquer. Pas de variole, pas de maladie contagieuse. Quelques-uns de vos esclaves sont mal en point... rien de bien grave. Combien sont morts pendant la traversée ?

— Dix... Le scorbut. Trois cas de dysenterie et une femme qui s'est jetée par-dessus bord. Un bon voyage... Une bonne cargaison... Il me reste 190 esclaves. Excellent voyage qui a duré six mois. De Nantes au Sénégal et de la Côte des Esclaves à Saint-Pierre.

— Je vous donne également l'autorisation d'organiser la vente des esclaves, dès que vous le souhaiterez, reprit le médecin.

Après le départ du médecin, l'équipage fut chargé de raser la tête de tous les esclaves, ainsi que les visages des hommes, d'enduire leur peau d'huile de palme afin de la rendre souple et brillante.

Anama n'en démordait pas : elle était persuadée qu'on les apprêtait ainsi dans l'unique but de les manger. Lygaya la rassura à nouveau et lui promit qu'il ne lui arriverait rien de semblable.

Les esclaves furent enchaînés les uns aux autres et passèrent la nuit sur le pont, sous la garde des marins armés de fusils. Cette nuit-là encore, rongés par l'inquiétude, Lygaya et Sanala ne purent fermer l'œil. Au-dessus d'eux, une multitude d'étoiles scintillaient dans le ciel : « Le ciel de la Martinique est magnifique, pensa Lygaya. Presque aussi beau que celui de ma terre natale. Dommage que ces étoiles ne m'indiquent pas le chemin de la liberté... »

4

Un nouveau pays

Le lendemain, au lever du soleil, des marins armés réveillèrent les esclaves et leur ordonnèrent de nettoyer le pont. On passa ensuite à la toilette générale, et on obligea les esclaves à s'enduire à nouveau le corps d'huile de palme. Lygaya remarqua que des tentes avaient été montées sur le pont. Cela expliquait le va-et-vient constant des marins au cours de la nuit.

— Allez, entrez sous les tentes. Dépêchez-vous, cria un marin en poussant les prisonniers sous les toiles blanches.

Lygaya, la main d'Anama dans la sienne, suivait Sanala. Au loin, des dizaines de chaloupes approchaient avec, à leur bord, des planteurs en quête d'esclaves pour leurs plantations.

Les premières chaloupes abordèrent le navire quelques minutes plus tard. Des marins aidèrent leurs occupants à monter à bord.

Un homme richement vêtu, assez grand, aux yeux d'un bleu profond, s'approcha des prisonniers. Son regard s'arrêta un instant sur Sanala. Lygaya sentit la peur l'envahir. Cet homme lui déplaisait, car ses yeux perçants trahissaient sa cruauté. D'un ton sec, l'homme s'adressa au capitaine qui supervisait la vente :

— La négresse, est-elle en bonne santé ?

— Toute notre marchandise est en bonne santé. Vous n'avez rien à craindre... Le médecin du port nous a délivré un certificat médical. Tous ces esclaves peuvent travailler dès aujourd'hui.

Le marin qui, la veille, avait montré une pièce de monnaie à Lygaya, observait la scène du coin de l'œil. Son regard croisa celui de l'enfant.

— Les deux enfants sont avec elle ? interrogea l'homme, toujours sur le même ton.

— Peu importe, coupa le capitaine. Si vous n'en voulez pas, je pourrai toujours les vendre à quelqu'un d'autre. Mais si vous les prenez tous les trois, je vous ferai un bon prix.

— Non. Je n'aime pas les enfants. Ils ne me serviraient pas à grand-chose… sinon à me causer des problèmes!

À ce moment-là, l'attention du capitaine fut détournée par un autre acheteur intéressé par une jeune esclave. Le marin profita de cette occasion pour s'adresser à l'homme qui se tenait devant Sanala. Son regard perçant semblait chercher un détail qui lui permettrait d'obtenir un bon prix.

— Je ne vous conseille pas cette négresse… lui souffla le marin à l'oreille. Elle a eu le mal de mer durant tout le voyage et a perdu beaucoup de forces. À mon avis, vous ne la garderez pas six mois…

L'homme réfléchit un instant.

— Merci du conseil… répondit-il en tournant les talons.

Puis il se dirigea vers un autre groupe et s'arrêta devant un jeune prisonnier. Bien que Lygaya ne comprît pas vraiment le français, il devina que le marin venait peut-être de leur sauver la vie. Il lui adressa un regard reconnaissant, accompagné d'un timide sourire.

Un autre planteur, qui avait assisté à la conversation, s'adressa à son tour au marin. De taille moyenne, habillé tout en noir, il avait un visage doux et portait la barbe. Son regard, clair et franc, plongea dans celui de Lygaya. L'enfant baissa la tête. La voix de l'homme était calme et posée.

— Elle a l'air en pleine forme, cette femme. Ses deux enfants aussi. Les enfants grandissent et deviennent à leur tour des adultes qui peuvent travailler. Qu'en pensez-vous ?

Le marin approuva en soupirant :

— Ils sont très doux et très calmes. Je suis sûr qu'ils seront soumis à leur maître s'ils ne sont pas séparés. Ils sont vifs et intelligents.

— J'ai compris… répondit l'homme. Je cherche justement une esclave pour s'occuper de mon petit garçon de douze ans. Peut-être l'âge de celui-ci ? dit-il en regardant Lygaya. Ma femme est morte il y a six mois. Cette femme noire semble aimer les enfants… Pensez-vous que le capitaine me fera un bon prix pour les trois?

— Bien sûr… Je m'en occupe, répondit le marin, qui se dirigea rapidement vers le capitaine du bateau.

Instinctivement, Lygaya savait que leur avenir était entre les mains du marin. Son cœur battit très fort dans sa poitrine. De petites gouttes de sueur perlaient sur son front. Il pensait: «Qu'adviendra-t-il d'Anama et de ma mère si nous sommes séparés? Cet homme a l'air bon et juste. Son regard n'est pas celui d'un animal sauvage, perçant et froid comme celui de l'homme qui s'est arrêté devant nous tout à l'heure. Que va-t-il nous arriver maintenant? Que fait le marin?»

Quelques minutes plus tard, le marin revint vers le petit groupe. Le planteur n'avait pas bougé.

Les deux hommes rejoignirent le capitaine pour discuter des prix. Ils tombèrent d'accord. Lygaya vit le planteur se pencher sur un grand livre, prendre une plume et écrire. La vente venait d'être conclue. Le nouveau propriétaire revint alors vers Sanala et les enfants. Lygaya prit la main de sa mère et la serra très fort. Il était déterminé. Non, on ne le séparerait pas de sa mère.

Le planteur leur fit signe de le suivre. Sanala hésita. Encadrée par Lygaya et Anama, elle fit un pas en avant. Le planteur lui fit un autre signe, l'engageant à avancer avec ses deux enfants. Lygaya se retourna et adressa un regard interrogateur au marin qui les regardait s'éloigner. Celui-ci lui fit un vague signe et tourna rapidement la tête. Rassuré, Lygaya eut un soupir de soulagement et comprit que cette fois-ci, il ne serait pas séparé de sa mère. Cette pensée le rendit presque heureux.

Ils embarquèrent dans une petite chaloupe. Un marin rama en direction de la côte. Tranquillement, ils se rapprochèrent du port de Saint-Pierre. Lygaya voyait s'avancer vers lui un nouvel univers. Au loin, se dessinaient des maisons sur lesquelles le soleil venait s'écraser. Autour de la ville, une végétation luxuriante se déployait. La ville de Saint-Pierre était blottie au fond d'une immense baie où de nombreux navires étaient ancrés. Derrière la ville, une imposante montagne se dressait, au sommet de laquelle les gros nuages semblaient accrochés. C'était un volcan, la montagne Pelée...

Lorsqu'ils accostèrent au port de Saint-Pierre, Lygaya remarqua que l'air était imprégné d'une odeur particulière, où le parfum âcre des épices, mêlé à celui enivrant des fleurs, se mariait agréablement à l'odeur de la mer.

Dès qu'il eut posé pied à terre, Lygaya perdit l'équilibre. Il avait passé beaucoup de temps sur l'océan et son corps, cette fois-ci, n'était plus habitué à la stabilité du sol. Il trouva cette situation très drôle et s'en amusa avec Anama. Sanala et les deux enfants avaient le tournis et éprouvaient beaucoup de difficulté à se tenir debout...

Il était onze heures du matin. Le port grouillait de monde, car un marché était installé face à la mer. Des paniers de fruits et de légumes, d'épices et de fleurs, formaient des taches colorées autour desquelles s'activaient des hommes, des femmes et des enfants, blancs et noirs. Lygaya fut tout d'abord frappé par l'abondance et la beauté de tous ces produits. Les vêtements des femmes attirèrent son attention. En Afrique, les habitants de son village vivaient nus et jamais, auparavant, l'enfant n'avait vu de femmes habillées. Celles-ci étaient vêtues de longues robes de dentelles aux couleurs claires. Lygaya s'étonna : leurs jambes et leur corps semblaient avoir disparu tout entiers. Seuls leurs visages au teint incroyablement pâle et leurs mains restaient découverts. Il aperçut un jeune esclave qui tenait une ombrelle sous laquelle s'abritait une jeune femme très élégante. À quoi donc pouvait bien servir cette espèce de petit toit portatif ? « Vais-je devoir porter ces choses curieuses pour les femmes ? » se demanda-t-il.

Ils traversèrent la place du marché et se dirigèrent vers la rue principale. Lygaya, qui n'avait jamais vu de ville, était ébahi de tout ce qui l'entourait. Il remarqua que toutes les maisons étaient construites en pierres et qu'elles s'alignaient, bien droites, le long des rues pavées. Il fut impressionné par ces édifices imposants, par la foule bigarrée qui les entourait et qui circulait en tout sens. Soudain, une drôle de chose passa à côté d'eux. C'était une sorte de boîte avec une fenêtre, posée sur des grandes perches et portée par deux hommes noirs : l'un devant, l'autre derrière... Une chaise à porteurs... Les yeux de Lygaya s'agrandirent : «Peut-être qu'ils vont me faire porter une chose pareille...» Il n'en revenait pas. Puis, s'adressant à Sanala qui, elle aussi, découvrait avec stupéfaction ce nouveau monde :

— Nous sommes les seuls à être nus... Même les autres Noirs ont des étoffes sur eux...

Sanala ne répondit pas : elle aussi avait remarqué.

Le planteur les fit monter dans une calèche attelée à deux chevaux. Ils quittèrent le port en direction de la plantation. Une nouvelle vie commençait pour Lygaya...

5

PIERRE

Durant l'heure et demie qu'ils passèrent sur la route, ils ne perdirent rien du spectacle qu'ils découvraient. D'immenses champs de canne à sucre bordaient le chemin sablonneux qui menait à la plantation. Le propriétaire dirigeait l'attelage sans dire un mot. Lygaya se demandait où cette route les conduisait, lorsqu'au détour d'un chemin, une immense maison apparut. La route s'arrêtait là. Extrêmement intimidé par ce qu'il découvrait, Lygaya s'était rapproché de sa mère. L'attelage s'immobilisa devant la maison, qui parut encore plus immense à Lygaya. Tout autour, l'herbe était verte et drue. La superbe maison était bâtie en bois, sur deux étages, avec un toit en tuiles roses. Il y avait des jalousies aux fenêtres et une galerie ouverte courait tout autour du rez-de-chaussée. Au premier étage, les fenêtres s'ouvraient sur un très grand balcon. L'immense parc qui entourait la maison foisonnait de magnifiques fleurs extraordinairement odorantes. Des magnolias, des frangipaniers, des aloès, des orchidées et des roses de toutes les couleurs fleurissaient ce superbe jardin paradisiaque.

Lygaya s'adressa à sa mère :

— Cette case n'est pas comme celles que nous avons vues en arrivant sur la côte. As-tu vu le toit ? Il est tout rose. Crois-tu que nous allons vivre ici ?

Ils descendirent de la calèche. Le planteur appela un vieil esclave qui semblait attendre les ordres de son maître, sur le seuil de la maison :

— Simbo, occupe-toi d'eux.

Le vieil esclave, habillé d'une blouse et d'un pantalon de grosse toile grise, s'adressa à Sanala en bantou, la langue de son pays.

— Suivez-moi… dit celui que le maître appelait Simbo.

— Où allons-nous ? demanda Lygaya.

— Là où vivent les esclaves…

— D'où viens-tu ?

— Du Transkei.

Voyant que le vieil homme n'avait pas trop envie de parler, Lygaya ne posa plus de questions.

Simbo les conduisit vers le quartier des esclaves. Ils y découvrirent une trentaine de cases, alignées en bordure d'un chemin boueux. Tout était tranquille. Aucun bruit. Ces cases, derrière lesquelles on pouvait apercevoir un petit jardin potager, étaient construites en bois et leurs toits étaient faits de roseaux. Ils pénétrèrent à l'intérieur de l'une d'elles. Dans un coin de l'unique pièce, trois lits étaient disposés, construits avec des branches entrelacées recouvertes de feuilles ; ils semblaient posés sur les quatre gros bâtons qui leur servaient de pied. À la tête de chacun des lits, une grosse bûche servait d'oreiller.

Dans un autre coin de la pièce, Lygaya remarqua une petite table en bois, sur laquelle des calebasses de différentes tailles étaient alignées. Une ouverture unique tenait lieu de fenêtre.

— Voici des vêtements, dit Simbo, en leur désignant de vieilles hardes. Ici, tout le monde est habillé. Le maître veut que vous vous reposiez quelques jours. Chaque jour, vous enduirez votre corps d'huile de palme et vous rincerez votre bouche avec le jus d'un citron frais. Si vous placez une planche de bois devant la fenêtre, vous aurez moins froid la nuit.

Il leur désigna une planche poussiéreuse, sur le sol. Puis, il tendit à Lygaya et Anama une chemise et un caleçon de grosse toile, à Sanala une jupe et un caleçon. Jamais Sanala n'avait porté de vêtements. Elle enfila les habits à la coupe grossière. Le tissu irritait sa peau.

Lygaya avait hâte de voir l'effet que les vêtements auraient sur lui, mais son enthousiasme fut de courte durée :

— Je ne vais pas pouvoir supporter cela sur mon corps. Ça pique…

Anama, qui semblait maintenant un peu plus rassurée sur son sort, enfila à son tour les vêtements de toile grise.

— C'est vrai, ça pique. J'ai l'impression d'être emprisonnée dans un sac…

Simbo comprenait ce qu'ils voulaient dire, car lui aussi avait connu la sensation désagréable de la grosse toile sur la peau. Lui aussi avait vécu de nombreuses années sans contrainte, dans la nudité la plus totale. Il savait que la première fois qu'ils s'habillaient, les esclaves ne supportaient pas le frottement du tissu contre leur peau. Certains même ôtaient leurs vêtements au bout de quelques heures. Il devait, parfois, les rhabiller de force...

— Ici, c'est obligatoire. C'est très mal de se promener nu. Mais vous vous y habituerez et, par la suite, vous ne pourrez plus vous en passer. Il faut se plier aux coutumes des Blancs...

Simbo se tourna vers Anama :

— Et puis... tu es déjà prisonnière, alors !

Simbo passa la main sur son visage et secoua la tête :

— Il faut que vous sachiez aussi, reprit-il, que cette case est désormais la vôtre. Il n'y a pas de gardien à la porte. Cela ne servirait à rien de vous enfuir, car vous ne pourriez pas aller bien loin. N'oubliez pas que nous sommes sur une île... Vous seriez très vite rattrapés par les chiens qui sont dressés pour poursuivre les esclaves en fuite. De plus, vous seriez fouettés et peut-être même tués… Alors, n'y pensez même pas!

En disant cela, il regarda Lygaya. Celui-ci baissa les yeux. «Cet homme est un sorcier, se dit l'enfant. Comment a-t-il pu deviner que je voulais m'enfuir?»

Simbo leur fit encore quelques recommandations, puis il les laissa seuls afin qu'ils puissent se reposer de leur voyage. Il revint le soir, portant une calebasse dans laquelle il y avait des fruits frais, trois œufs, deux citrons, de l'huile de palme et du riz. Il s'adressa à Sanala:

— Demain, je te montrerai le jardin potager où tu pourras cultiver les légumes qui compléteront vos rations quotidiennes. Le maître nous autorise à échanger nos surplus de légumes contre du tabac ou d'autres choses qui nous sont nécessaires. Ici, le maître est un bon maître, mais il faut vous méfier du «commandeur», celui qui dirige notre travail dans la plantation. Il est fourbe, sournois et cruel. Il lui arrive souvent de fouetter et de punir des esclaves, simplement pour affirmer son autorité. Tu n'auras pas à t'en occuper, puisque tu vas travailler à la grande maison. Le maître t'a achetée pour que tu serves de nounou au jeune maître. L'enfant est gentil. Sa mère est morte d'une grave maladie, il y a quelques mois. Depuis, l'enfant est triste… Sa mère était très bonne pour nous. Elle nous défendait contre la cruauté du commandeur. En la perdant, nous avons beaucoup perdu. Le maître a beaucoup de choses à faire et doit souvent quitter la plantation pour aller à Saint-Pierre. Il y reste parfois trois jours… parfois plus. Et quand le maître n'est pas là, c'est le commandeur qui dirige la plantation…

Assis à même le sol, Lygaya et les autres avaient écouté Simbo avec beaucoup d'attention. Celui-ci déposa la calebasse sur la petite table en bois et se retira en leur souhaitant une bonne nuit.

Comparée à ce qu'ils avaient enduré sur le bateau négrier, cette première nuit dans la case se passa plutôt bien. Bien sûr, l'idée de s'enfuir avait traversé l'esprit de Lygaya, mais Simbo avait raison. Où irait-il? De plus, il ne voulait pas faire de tort à sa mère ni à la petite fille qu'il considérait maintenant comme sa sœur.

Il y avait trois jours qu'ils étaient arrivés et ils commençaient à s'organiser. Chaque jour, Simbo leur rendait visite pour leur donner toutes les explications nécessaires à leur installation ou encore pour les rassurer en leur prodiguant ses bons conseils. Il était très gentil avec Sanala. Le soir du troisième jour, il leur confia qu'il avait été séparé de toute sa famille et que celle-ci avait été dispersée.

— Mes trois enfants et ma femme ont été vendus à des négriers portugais et transportés dans le sud de l'Amérique. Je l'ai appris par un esclave qui est arrivé après moi et qui était de notre village. Aujourd'hui, je sais que je ne les reverrai plus jamais. Je n'aurai peut-être plus de nouvelles d'eux...

Tout en l'écoutant raconter son histoire, Lygaya sentit sa gorge se nouer. Des larmes embuèrent ses yeux. Il pensait à Pinto, son père. Il ferma les yeux et se mit à rêver. Des images de son village lui revinrent en mémoire. Il songea quelques instants au bonheur qui avait été le sien... à son grand-père qui était seul, maintenant...

Il faisait toujours cela lorsqu'il était malheureux. Il fermait les yeux et se souvenait. Il s'était aperçu que, de cette manière, il échappait à tout ce qui l'entourait et qui lui faisait mal. Bien sûr, il était heureux d'avoir pu rester auprès de sa mère, mais il ne pouvait oublier leur condition. Ils étaient «esclaves» et pouvaient être séparés à tout moment.

Simbo leur avait dit qu'un esclave comptait moins qu'un animal pour les Blancs. D'ailleurs, lorsqu'un maître vendait sa plantation, sur l'inventaire, le prix des esclaves était moins élevé que celui des meubles et des animaux.

Le quatrième jour après leur arrivée, Anama et Lygaya décidèrent de s'aventurer un peu plus loin que les abords de leur case. La main de la petite fille toujours dans la sienne, Lygaya avançait sur le sentier qui menait à la grande maison. Les deux enfants étaient intimidés par cette immense construction qui se dressait au loin devant eux. À quelques mètres seulement de la grande maison, les enfants s'étaient arrêtés, fascinés par la beauté des lieux. La luxuriance du jardin les émerveilla. Jamais

Anama n'avait vu autant de fleurs. Lygaya se demandait comment un tel paradis pouvait abriter en même temps l'horreur de l'esclavage. Soudain, une petite voix interrompit leur rêverie.

— Que faites-vous là… ?

Ils sursautèrent tous deux et se retournèrent en même temps. Un jeune garçon se tenait devant eux. Il était habillé d'un pantalon gris, d'une chemise blanche et portait une veste et des bottes. La couleur de ses cheveux attira l'attention de Lygaya. Ceux-ci étaient presque blancs. Il avait de grands yeux bleu clair qui lui donnaient un air très doux. Sa peau, très blanche, était tellement fine qu'elle paraissait transparente. L'enfant blond répéta sa question, mais les deux autres ne répondirent pas. Il s'approcha d'eux tranquillement et, doucement, appliqua sa main sur sa poitrine.

— Moi, Pierre… dit-il en tendant l'autre main vers Lygaya.

Lygaya comprit que le jeune garçon lui disait son prénom. Il l'imita.

— Lygaya, dit-il en frappant doucement sa poitrine.

Le regard interrogateur de l'enfant blond se tourna alors vers la petite fille.

— Anama... dit Lygaya, en pointant son doigt vers elle.

Pierre répéta:

— Anama et Lygaya... Drôles de prénoms!

Il s'approcha de nouveau des enfants, se saisit de la main de Lygaya puis l'entraîna à sa suite. Intimidée, Anama ne lâchait pas Lygaya. Ils marchèrent quelques mètres et arrivèrent dans un endroit boisé, en retrait de la maison. Là, Pierre leur désigna du doigt une clairière au centre de laquelle trônait un arbre dont le tronc était d'une incroyable circonférence. Les deux petits esclaves levèrent la tête et aperçurent une cabane à travers le feuillage. Faite de roseaux, elle était perchée entre trois grosses branches. Une échelle permettait d'y accéder. Pierre leur fit signe de monter derrière lui. Les enfants s'exécutèrent. Dans la cabane, toutes sortes d'objets étaient entassés. Il y avait une malle posée dans un coin, ouverte sur de vieux chapeaux et de vieilles robes de dentelles. Pierre posa un chapeau sur la tête de Lygaya et brandit un miroir devant le petit esclave. En découvrant le reflet de son visage, Lygaya faillit tomber à la renverse. Il s'approcha de la glace et, pensant qu'il y avait là quelque chose de magique, il recula en se cachant la figure de ses mains. Pierre s'approcha lentement de lui et dit sur un ton rassurant.

— Tu n'as rien à craindre…

Et il lui présenta à nouveau le miroir.

La douceur de la voix de l'enfant blond calma Lygaya. Il regarda à nouveau le carré magique et éclata de rire lorsqu'il réalisa que l'enfant noir qui lui faisait face, c'était bien lui… Lygaya. Son visage se reflétait dans cette chose bizarre comme il se reflétait dans l'eau du lac de son village. Voyant son air étonné et ravi, Pierre lui fit comprendre, à l'aide de signes, qu'il lui offrait le miroir. Lygaya sentit une immense joie l'envahir, mais croyant ne pas avoir bien compris, il demanda à Anama :

— Il me donne le reflet magique ?

— Oui, je crois qu'il te l'offre… Il faut le prendre.

Se tournant vers Pierre, Lygaya tendit les mains vers le miroir. Ses yeux brillaient de plaisir.

Après être descendu de la cabane, Pierre planta un bâton dans le sol. L'ombre du bâton lui indiqua l'heure… Il était temps pour lui de rentrer pour le déjeuner. Les enfants se séparèrent. Sur le chemin du retour, Lygaya serrait précieusement contre lui cet objet merveilleux. Il avait hâte de le montrer à Sanala.

De retour à leur case, les enfants s'empressèrent de raconter leur aventure à Sanala. Lygaya s'amusa de la surprise de sa mère lorsqu'il lui montra le miroir, car elle eut les mêmes réactions que lui. Tout d'abord un sentiment de peur qui se transforma vite en curiosité, puis en éclats de rire.

À ce moment-là, Simbo apparut dans l'embrasure de la porte.

— Que se passe-t-il ici ? demanda-t-il, étonné d'entendre des rires.

— Nous avons rencontré un garçon aux cheveux blancs qui nous a donné le reflet, répondit Lygaya très excité.

Simbo prit l'objet des mains de Sanala. Il reconnut le vieux miroir qui avait appartenu à la mère du fils du planteur.

— C'est Pierre, le jeune maître, qui te l'a donné? C'est un enfant doux et affectueux. Il a très bon cœur. C'était le miroir de sa mère. Il te l'a offert en signe d'amitié. Pour lui, ce souvenir est très important. Depuis qu'elle est morte, il est très seul. Mais il faut faire attention, car aucun de nous n'a un tel objet dans sa case. Tu as trouvé un ami, et ici, c'est rare. Normalement, je devrais aller lui rendre ce présent, mais il est le fils du maître et s'il a décidé de t'offrir ce miroir, c'est son droit...

Pendant que Simbo parlait, la petite Anama se regardait dans la glace. N'osant ni bouger, ni sourire, elle restait immobile de peur que son image ne disparaisse subitement... Lygaya vint la rejoindre et fit quelques grimaces devant la glace, pour lui montrer qu'elle ne risquait rien.

Ce soir-là, Lygaya s'endormit heureux. Il savait que, dorénavant, il ne serait plus seul... Il avait un ami. En fermant les yeux, il songea à cette journée. Des images de l'enfant blond lui revinrent en mémoire.

Le lendemain matin, il courut à l'endroit où il avait rencontré l'enfant blond, dans l'espoir de le retrouver. Il l'aperçut au loin qui montait dans une voiture attelée. La voiture s'éloigna et Lygaya attendit plusieurs heures, assis dans l'herbe, le retour de son ami. Il put ainsi observer le va-et-vient des gens de la grande maison. De nombreux esclaves s'affairaient à leurs tâches quotidiennes. Le jardinier, affublé d'un chapeau de paille, venait de finir de couper l'herbe. Muni d'immenses ciseaux, il passa ensuite un temps fou à élaguer les arbustes qui bordaient le chemin, pour leur donner une forme parfaite. De jeunes esclaves allaient et venaient, portant des paniers remplis de linge qu'elles déposaient sur l'herbe verte pour le faire sécher. Un vieil esclave nettoyait consciencieusement un plat à barbe dans un seau d'eau posé sur la margelle du puits.

Lygaya, qui n'avait pas bougé depuis deux heures, se disait qu'il devait sûrement être très agréable de vivre dans cette somptueuse demeure. Soudain, une main puissante le souleva de terre.

— Que fais-tu là, fainéant? tonna une grosse voix.

L'homme était grand. Son regard plongea dans celui de Lygaya. Il avait de petits yeux d'un noir profond et ses sourcils, très fournis, lui donnaient un air sévère. Son visage émacié était marqué d'une profonde cicatrice sur la joue droite. Il avait vraiment l'air méchant. L'homme reposa l'enfant à terre et l'entraîna vers le quartier des esclaves. Lygaya, qui ne comprenait pas très bien ce que lui voulait cet homme, se cachait le visage avec son bras. Il avançait derrière lui en essayant de ne pas tomber, car l'homme faisait de grandes enjambées. Il portait un fouet à la ceinture et marchait sans se préoccuper de l'enfant qu'il traînait derrière lui. En arrivant près des cases, ils croisèrent Simbo.

— À qui est ce négrillon? cria l'homme. Il devrait travailler. Je l'ai surpris à traîner devant la maison.

— Il est arrivé il y a quatre jours, avec sa mère et sa sœur. Le maître leur a permis de prendre du repos jusqu'à lundi prochain... Pardonne-moi, commandeur, c'est de ma faute. Je suis chargé de les surveiller et de m'en occuper... Justement, je cherchais l'enfant et...

Tout en parlant, Simbo baissait la tête. Lygaya le regardait. Cet homme, qui hier lui paraissait si fier et si beau, aujourd'hui courbait l'échine devant le commandeur et tremblait de tous ses membres. Lygaya se mit à pleurer. Non pas de peur, mais de rage, car il venait de se rendre compte que son ami Simbo n'était plus le fier chasseur qu'il avait dû être en Afrique. L'enfant comprit qu'en étant esclave, on perdait sa liberté, mais aussi sa dignité et sa fierté. «Pour les Blancs, je ne suis même pas un être humain...» pensa Lygaya.

Le commandeur poussa brutalement Lygaya contre Simbo:

— Alors, si tu es responsable de cet esclave, dresse-le comme il faut, rugit-il. Sinon, tu vas goûter du fouet... Les esclaves ne doivent pas rôder autour de la propriété!

Une fois le commandeur parti, Lygaya s'excusa auprès de Simbo.

— Oh, ne t'inquiète pas, le rassura celui-ci. Il est toujours comme ça. Surtout lorsque le maître est absent et qu'il le remplace. Bon… Ne t'éloigne plus du quartier des esclaves. Reste avec ta mère et ta sœur ! C'est le moyen le plus sûr d'éviter les ennuis…

Le mardi suivant, vers cinq heures du matin, alors que le soleil se levait, Simbo vint chercher Sanala pour la conduire à la grande maison. Il demanda aux enfants de l'attendre dans la case.

Sanala n'avait pas revu la propriété depuis son arrivée. Une fois à l'intérieur, ils se dirigèrent vers la cuisine. Sanala découvrait un monde qui lui était inconnu. Des tableaux étaient accrochés au mur, de superbes tentures étaient drapées devant les fenêtres, des meubles et des objets précieux étaient disposés un peu partout. Dans le hall d'entrée, le sol était recouvert d'un immense tapis de laine nouée aux couleurs éclatantes. Sanala le contourna, n'osant poser ses pieds dessus. Dans la cuisine, des esclaves s'affairaient autour d'une grande table en bois. Simbo s'adressa à une grosse femme qui plumait une volaille, assise au bout de la table.

— Voici Sanala. C'est elle qui s'occupera du jeune maître. Elle travaillera ici toute la journée, dit-il.

La grosse femme leva la tête et dévisagea Sanala. Puis, elle s'adressa à elle en bantou :

— Je m'appelle Anna. C'est le nom que m'a donné la maîtresse. Dans mon village, on m'appelait Mana. C'est moi qui fais la cuisine pour toute la famille…

Pendant qu'elle parlait, Anna se leva pour aller plonger sa volaille dans une marmite d'eau bouillante. Puis elle saisit une louche pour remuer le contenu d'une autre casserole.

— Tu n'es pas bien grosse ! Assieds-toi et prends un bol de soupe.

Simbo intervint :

— Il faut lui parler français. Le maître ne veut pas nous entendre parler la langue de notre pays.

Intimidée, Sanala s'installa sur l'un des bancs, sans rien dire. Un esclave lui tendit une petite calebasse, remplie d'un liquide fumant, et une galette de riz. Le bouillon fit beaucoup de bien à Sanala qui remercia avec un sourire. Après avoir confié Sanala à Anna, Simbo prit congé. Il retourna chercher Lygaya et Anama dans le quartier des esclaves.

— Où allons-nous ? demanda Lygaya.

— Dans les champs de canne... À partir d'aujourd'hui, chaque matin, ta sœur et toi, vous rejoindrez les esclaves dans les champs.

Ils marchèrent durant vingt minutes et arrivèrent devant un immense champ de canne à sucre, où quelques esclaves étaient déjà rassemblés. Lygaya reconnut l'homme au regard noir. Le commandeur. Il donnait des ordres à quatre hommes chargés de surveiller le travail des esclaves. Simbo confia les enfants à l'un d'eux.

— Ce sont les nouveaux négrillons que le maître a achetés, dit-il.

— Bon... Emmène-les rejoindre l'équipe des négrillons et montre-leur comment travailler. Explique-leur qu'ils ne doivent pas s'arrêter...

Ils rejoignirent une quinzaine d'enfants, garçons et filles, chargés de planter les jeunes pousses de canne à sucre. Cette besogne était extrêmement éreintante, mais à cause de leur petite taille, les enfants s'en tiraient mieux que les adultes. Il faut dire que dans les plantations, les enfants travaillaient autant que les adultes. Parfois même, certains planteurs peu scrupuleux les chargeaient de travaux plus durs encore que ceux des adultes.

Les deux enfants apprirent très vite les gestes les plus efficaces pour planter les pousses de canne à sucre. Ce travail les obligeait à avancer courbés en deux dans les sillons, un sac de toile dans une main, un petit bâton de bois dans l'autre. À la fin de la journée, Lygaya et Anama étaient fourbus de fatigue. Leur dos, leurs reins, les faisaient horriblement souffrir. À la nuit tombée, épuisés par leur corvée, les deux enfants regagnèrent leur case et s'endormirent immédiatement. Ils travaillèrent ainsi une semaine complète, de l'aube au coucher du soleil.

Sanala était aussi épuisée par son travail, qui consistait à s'occuper du jeune Pierre, mais aussi, et surtout, à nettoyer le linge, à repasser, à ranger, faire les lits, et parfois à aider à la cuisine. Le dimanche matin, les esclaves étaient conduits à l'église où ils assistaient à l'office religieux, car tous étaient baptisés à leur arrivée. La messe terminée, ils retournaient à leurs travaux jusqu'au soir.

Souvent, avant de s'endormir, Lygaya se sentait envahi par une infinie tristesse. Il savait qu'il ne pourrait jamais s'échapper. Il avait appris que certains esclaves avaient tenté de s'enfuir, mais que tous avaient échoué et qu'on les avait sévèrement punis. L'un d'eux avait même été tué au cours d'une battue.

Il avait aussi entendu dire qu'il arrivait parfois qu'un maître rende la liberté à un esclave… Cette faveur s'appelait « l'affranchissement », mais il était très rare que les esclaves puissent en bénéficier, car les planteurs ne voulaient pas perdre une main-d'œuvre qui ne leur coûtait presque rien. Lygaya n'osait pas y penser. Il songeait à sa dure condition d'esclave et à son père, esclave lui aussi sans doute, quelque part sur une île semblable à la Martinique…

6

LE MIROIR

Il y avait maintenant quatre mois que Lygaya, Anama et Sanala étaient arrivés à la plantation. Ils comprenaient assez le français pour s'exprimer dans cette langue à peu près correctement. Ils connaissaient tous les esclaves et étaient appréciés et aimés pour leur gentillesse. Lorsqu'ils ne travaillaient pas, ce qui était très rare, les enfants se retrouvaient entre eux pour jardiner dans le petit potager attribué à chaque famille; grâce à lui, ils avaient toujours des légumes frais, en plus de leur ration quotidienne de manioc. Ils étaient bien nourris et bien traités, car leur maître préférait avoir des esclaves en bonne santé (ils pouvaient ainsi travailler beaucoup plus...). Ils avaient beaucoup de chance, car dans certaines plantations, les esclaves étaient maltraités, et s'il leur arrivait de commettre la moindre petite erreur, ils étaient sévèrement punis.

Chaque jour était identique au précédent. Les esclaves se levaient au chant du coq et partaient immédiatement rejoindre leur travail. À une heure, ils pouvaient s'arrêter quinze minutes pour se nourrir d'un peu de manioc et de bananes cuites, puis le travail reprenait jusqu'au coucher du soleil. Les esclaves rejoignaient alors leur quartier, mangeaient et se couchaient. Le repas du soir était le plus souvent composé de manioc ou de riz, accompagné de bananes cuites et de quelques légumes.

Un soir, alors qu'il regagnait sa case, fourbu de fatigue, l'attention de Lygaya fut attirée par une tache claire en bordure du chemin. L'enfant s'arrêta afin d'examiner ce que les rayons de lune faisaient briller ainsi. Il aperçut une touffe de cheveux blonds. Il franchit un petit fossé et s'avança timidement. Son ami était assis et semblait contempler la lune.

— Pierre? appela Lygaya.

Surpris, l'enfant blond se retourna prestement, essayant d'apercevoir, dans la nuit, celui qui avait prononcé son prénom. Il reconnut Lygaya et se leva d'un bond. Son visage s'illumina :

— Lygaya ! Je suis content de te revoir...

L'enfant blond n'avait plus revu Lygaya depuis le jour où il lui avait offert le miroir.

— Moi aussi. J'ai toujours le miroir, répondit Lygaya, fier de pouvoir s'exprimer clairement dans la même langue que son ami.

— J'ai essayé de venir te voir, mais avec le commandeur... ce n'était pas possible. Mon père s'est absenté pour quelques jours. Il est parti à Saint-Pierre. Ta mère me donne chaque jour de tes nouvelles. Nous pourrions nous retrouver demain matin ?

— Je travaille aux champs...

Pierre prit une expression attristée :

— Je sais... Ton travail est très dur...

Il se tut, mal à l'aise. Un long silence suivit. Soudain, Pierre déclara d'un ton décidé :

— Je viendrai te retrouver aux champs, à l'heure de la pause, demain.

Ils se séparèrent et Lygaya rentra chez lui.

Chaque soir, Sanala attendait le retour des enfants. Pendant quelques précieuses minutes, ils pouvaient ainsi se retrouver tous les trois pour partager les impressions de la journée.

— Tout le monde apprécie Charles d'Hauteville, le père de Pierre. On dit que c'est un homme bon et juste. Jamais il ne se fâche contre l'un de nous.

— Que fait Pierre toute la journée ? Il ne travaille pas. Alors, que peut-il bien faire ?

— Il s'ennuie. Toute la journée, il lit, il vient à la cuisine, il nous parle... Il nous pose des questions. Il veut savoir comment nous vivions avant d'arriver ici. Et puis, chaque matin, il part en promenade à cheval. C'est Jon, l'esclave qui s'occupe des chevaux, qui selle son cheval. Il part dans la campagne et revient, deux heures après, juste avant l'arrivée de son précepteur.

Tout en parlant, Sanala déposa un morceau de viande dans la calebasse de Lygaya et le partagea entre les deux enfants.

— C'est Anna, la cuisinière, qui m'a donné cela pour vous. Le petit maître l'a laissé dans son assiette, ce midi.

Lygaya était curieux de tout de qui concernait son ami et voulait tout savoir. Comme chaque soir, après le dîner, Anama et Lygaya s'allongèrent sur leur paillasse, pendant que Sanala leur racontait l'abondance qu'on retrouvait dans la grande maison.

— Dis-moi ce que mange Pierre ! demanda Lygaya.

— Le repas des maîtres commence par un potage ou des légumes. Ensuite, il y a un plat principal, toujours de la viande accompagnée de riz et de légumes. Et il y a des desserts. Beaucoup de desserts. Des fruits et des gâteaux qu'Anna confectionne pendant une partie de la journée.

C'est ainsi que les deux enfants s'endormaient... en rêvant aux festins des maîtres.

Comme il le lui avait promis, le lendemain Pierre attendit Lygaya. Lorsque la cloche annonça le début de la pause, Pierre fit signe au jeune esclave de le rejoindre. Lygaya courut immédiatement vers lui.

— Tiens, lui dit Pierre. Je t'ai apporté une pomme.

Lygaya était très ému de l'attention de Pierre.

— Je la partagerai ce soir avec ma sœur et ma mère, dit-il en faisant disparaître rapidement la pomme sous sa chemise.

Ils restèrent quelques instants assis côte à côte sans rien dire. Pierre rompit le premier le silence.

— Je vous regarde travailler depuis une heure. C'est fatigant, ce que vous faites !

Lygaya, gêné, baissa la tête.

— Est-ce que tu t'habitues à la Martinique ? continua Pierre.

— Ce n'est pas comme chez moi. Dans mon pays, les habitants, les cases... tout est différent ! Pour moi, ce n'est plus comme avant...

Et Lygaya lui raconta son aventure. Il lui parla de son village, de la forêt et des animaux, des fêtes qui étaient organisées à chaque retour des chasseurs, de l'initiation des jeunes, de son père qui était brave et fier, de leur séparation, de son grand-père qui était resté en Afrique, de sa douleur d'être esclave et, surtout, de la tristesse qu'il éprouvait à voir sa mère si malheureuse.

— Sanala ne rit plus comme avant. Sa gaieté a disparu. Avant, elle chantait toute la journée. Chez nous, les femmes chantent en travaillant. Depuis que nous sommes partis, Sanala pleure très souvent le soir. Elle ne dit rien, mais moi, je sais...

Lygaya hésita quelques instants avant de poursuivre :

— Toi, tu es libre d'aller où tu veux, de faire ce qui te plaît. Tu peux parler et dire ce que tu penses. Nous, nous ne le pouvons pas. Tout nous est défendu... On nous oblige à travailler tout le jour, à courber le dos. Nous perdons notre courage et notre fierté. Je ne peux recouvrer ma liberté qu'en fermant les yeux et en rêvant de mon village. Mais je ne peux oublier que je suis esclave... Un jour, je partirai retrouver mon père...

Lorsqu'il dit cela, son regard fixait l'horizon. Pierre l'écoutait, ému. Sa mère lui avait parlé de la condition déplorable des esclaves. Elle ne supportait pas de voir des êtres humains maltraités et l'enfant savait que, dans certaines plantations, les planteurs étaient très durs, pour ne pas dire cruels, avec leurs esclaves.

Il se souvint d'une discussion animée entre sa mère et son père, lorsqu'elle avait décidé d'apprendre à lire et à écrire à une petite esclave. Son père s'y était opposé:

—Les esclaves sont analphabètes et doivent le rester. Leur apprendre à lire et à écrire les conduirait à se rebeller un jour ou l'autre contre nous, avait-il affirmé d'un ton sec.

Dans le regard très doux de Pierre, Lygaya devina une grande tristesse.

— Toi, dit Pierre, tu es esclave, éloigné de ton pays, séparé de ton père. Pourtant, tu as plus de chance que moi, car ta mère est encore près de toi! Moi, je suis seul, je n'ai pas d'amis, seulement un père qui part trop souvent pour ses affaires. Je vis pratiquement seul depuis que ma mère est morte. Je n'ai personne à qui parler. Alors, je me renferme dans ma cabane avec les souvenirs que ma mère m'a laissés. Je pense très souvent à elle et…

Pierre, qui parlait de sa mère avec beaucoup d'émotion, fut interrompu par la cloche qui rappelait les esclaves au travail. Les deux enfants promirent de se retrouver le lendemain à la même heure, au même endroit.

Les jours et les semaines passèrent. Pierre et Lygaya éprouvaient beaucoup de joie à se retrouver chaque jour et à parler de leurs souvenirs, de leurs secrets. Une profonde amitié se développa entre eux, et celle-ci devint encore plus forte le jour où Pierre évita à son ami plusieurs coups de fouet.

Ce jour-là, un peu avant la pause, Lygaya avait renversé par inadvertance un grand panier contenant des pousses de canne à sucre. Le garde, chargé de surveiller le travail des esclaves, s'était approché de lui et avait levé son fouet pour le punir de sa maladresse. Pierre, qui attendait non loin de là, s'était précipité et avait ordonné:

— Ne le frappez pas! Cela suffit!

Le garde avait baissé son fouet, laissant Lygaya tremblant de peur. Pierre s'était approché alors de son ami et l'avait entraîné vers l'endroit où ils avaient l'habitude de se retrouver.

Quelque temps plus tard, c'est une aventure qui allait renforcer cette amitié.

Un dimanche matin, avant la messe, alors que Lygaya, Anama et Sanala se préparaient, le commandeur fit irruption dans leur case. Il était accompagné de Simbo et d'un autre homme. Il semblait furieux. Le timbre de sa voix résonna très fort lorsqu'il s'adressa à Sanala :

— Un esclave s'est échappé la nuit dernière. Nous sommes à sa recherche. Si l'un de vous l'aperçoit, je vous ordonne de m'avertir. Et ne vous avisez pas de l'aider. Sinon, vous serez tous fouettés. Je veux…

Brusquement, il se tut. Son regard s'était arrêté sur le miroir accroché au mur. Il entra dans une fureur indescriptible. Foudroyant Sanala de son regard noir, il s'écria :

— À qui as-tu volé ce miroir ?

Lygaya se rapprocha de sa mère qui tremblait de frayeur.

— Je ne l'ai pas volé. C'est le jeune maître qui l'a donné à mon fils.

Les yeux cruels du commandeur se posèrent sur Lygaya, tandis que sa main cherchait le fouet accroché à sa ceinture.

— Le jeune maître n'a pu te donner un miroir. Il sait que c'est interdit. Réponds ! À qui as-tu volé ce miroir ? Sale petit…

Voyant la fureur du commandeur, Simbo intervint doucement :

— Je suis témoin, dit-il, le jeune maître a vraiment donné ce miroir à Lygaya en gage d'amitié. Ne le frappe pas. L'enfant n'y est pour rien. Il ne savait pas. Je suis fautif… C'est de ma faute, j'aurais dû lui dire de le rendre au jeune maître.

Le commandeur lâcha son fouet et se dirigea vers le mur sur lequel était accroché le miroir. Il prit la glace et, d'un geste brusque, l'envoya à terre. Le miroir se brisa.

Lygaya sentit son cœur chavirer. Une fois encore, il ferma les yeux, mais cette fois-ci, il ne put retenir ses sanglots. Sanala et Anama pleuraient elles aussi, car elles avaient eu très peur. Écumant de rage, le commandeur tourna les talons et sortit, suivi de l'inconnu qui l'accompagnait.

« Un jour viendra où je ne serai plus esclave. Je me battrai pour être à nouveau libre… » pensait Lygaya en ramassant les morceaux du miroir brisé.

Cette nuit-là, il n'arriva pas à trouver le sommeil.

Le lendemain, lorsqu'il retrouva Pierre, il lui raconta toute la scène. Son ami l'écouta attentivement. Il paraissait sincèrement désolé pour tout ce qui était arrivé :

— C'est injuste, dit tout bas l'enfant blond. Je t'avais offert ce miroir. Je ne comprends pas pourquoi cet homme est si cruel. J'ai entendu dire ce matin qu'il avait rattrapé l'esclave fugitif. Il a voulu le punir en le faisant fouetter devant tous les autres esclaves. Pour l'exemple. Heureusement, mon père s'y est opposé. Il n'aime pas la cruauté. Il préfère revendre cet esclave la semaine prochaine, car il ne veut pas avoir d'autres problèmes avec lui. Cet homme s'était enfui dans l'espoir de rejoindre son pays…

Lygaya écoutait, désemparé. Des mots lui brûlaient les lèvres. Il ne put les retenir plus longtemps :

— Un jour, moi aussi, je m'enfuirai. Je retrouverai mon père et nous serons tous réunis, comme autrefois…

Pierre comprenait le désir de Lygaya mais ne souhaitait pas vraiment être séparé de son ami. Il se demandait ce qu'il deviendrait si Lygaya partait. Il préféra chasser cette idée de son esprit.

Assis derrière un bosquet, les deux enfants discutaient tranquillement, lorsque le bruit d'une voiture attelée attira leur attention. L'enfant blond se releva. De l'endroit où il était, il pouvait apercevoir les visiteurs.

Un jeune esclave conduisait l'attelage. À l'arrière était assise une jeune femme vêtue d'une robe bleu ciel, accompagnée d'une petite fille. À son tour, Lygaya se leva pour voir. La jeune femme, qui tenait une ombrelle, aperçut les deux enfants et envoya de grands signes à Pierre qui lui renvoya un salut plus discret.

Pierre ne semblait pas très heureux :

— Voilà cette péronnelle de Sophie qui vient passer quelques jours avec sa mère.

— Qui est-ce? demanda Lygaya.

— Sophie est ma cousine germaine. Elle a dix ans. Sa mère, c'est ma tante Marie, la sœur de ma mère. Elle est très gentille, mais exaspérante. Elle bouge tout le temps et, avec elle, il faut toujours être propre, toujours se laver les mains et toujours être bien coiffé.

— Qu'est-ce que c'est, une péronnelle?

— Une péronnelle, c'est une fille qui ne sait pas tenir sa langue lorsqu'on lui confie un secret… qui fait des histoires à propos de tout et de rien. Une péronnelle… c'est exactement ma cousine Sophie!

Lygaya ramassa son chapeau et quitta son ami pour aller rejoindre les autres. Il faisait très chaud à cette heure de la journée et, malgré leur grand chapeau de paille mal tressée, certains esclaves souffraient d'insolation. Il arrivait parfois qu'un esclave s'évanouisse et que les gardes soient obligés de le ramener dans sa case. Il y restait plusieurs jours puis reprenait son travail, comme si rien ne s'était passé.

Lygaya, concentré sur son travail, songeait à son village. Il se revoyait jouant avec les autres enfants sur la petite place, ramassant des badines pour alimenter le feu ou simplement assis, le soir, écoutant les légendes que lui racontait son grand-père. Il savait que ce temps était révolu.

7

Une véritable péronnelle

Après avoir laissé son ami Lygaya, Pierre rentra chez lui. Il lui fallait changer de vêtements pour recevoir sa tante et sa cousine. Sanala rangeait quelques affaires dans la chambre. Pierre lui sourit :

— J'ai vu Lygaya. Je lui ai donné le pain et les raisins que tu m'avais confiés ce matin.

Sanala le remercia. Elle pouvait ainsi, chaque jour, grâce à la complicité de Pierre, faire parvenir un peu de nourriture à son fils, pour la pause du midi. Quant à la petite Anama, elle était bien nourrie, car elle travaillait depuis quelques semaines dans les cuisines de la grande maison. Elle y épluchait les légumes et était chargée d'autres petites tâches que lui confiait la cuisinière. Simbo avait jugé que le travail des champs était beaucoup trop rude pour la petite fille et avait demandé au maître de lui confier d'autres tâches plus conformes à son jeune âge. C'est ainsi qu'Anama s'était retrouvée dans cet endroit de rêve qu'était la cuisine, le seul endroit où il était possible de manger à sa faim en récupérant les restes des repas laissés par les maîtres. Sanala souhaitait la voir occuper, plus tard, la place de cuisinière enviée de tous.

Pierre se changea, se lava les mains, se coiffa puis descendit rejoindre sa famille. La jeune femme aperçue dans la calèche était maintenant installée dans l'un des fauteuils du salon. Elle sirotait une citronnade en parlant avec le père de Pierre. C'était une très belle femme, aux manières élégantes. Elle portait une robe de fine dentelle blanche et ses longs cheveux noirs étaient ramenés en un gros chignon sur sa nuque. À ses pieds, la jeune Sophie s'amusait à attraper le chat de la maison qui tentait de s'enfuir.

Sophie habitait au nord de l'île où ses parents possédaient une plantation de canne à sucre. Petite pour son âge, elle avait de longs cheveux bruns toujours nattés. Quelque chose dans son visage rappelait celui de Pierre. Ils avaient la même bouche et le même sourire, mais le regard n'était pas le même. Celui de Sophie trahissait un certain dédain pour tout ce qui était extérieur à son monde.

Elle avait une sœur, Juliette, de quatre ans son aînée. Celle-ci devait arriver quelques jours plus tard. Le jeune garçon préférait la compagnie de Juliette, qu'il trouvait beaucoup plus gentille, plus intéressante que sa péronnelle de sœur!

Pierre se dirigea vers sa tante :

— Bonjour, ma tante.

La tante Marie lui sourit. Ses yeux noirs étaient pétillants de malice.

— Comme tu as grandi, dit-elle. Tu ressembles de plus en plus à ma pauvre sœur.

Son regard s'assombrit soudain. Elle croisa délicatement ses mains et soupira en secouant lentement la tête.

— Mais que faisais-tu avec ce petit nègre tout à l'heure? Tu ne devrais pas fréquenter les esclaves.

Puis, s'adressant au père de Pierre :

— Charles, vous devriez le surveiller. Cet enfant va prendre de mauvaises habitudes à traîner ainsi avec les négrillons de la plantation.

— Ta tante a raison. Le commandeur m'a rapporté que tu avais offert un miroir à un jeune esclave et le négrillon a failli se faire fouetter par ta faute. Il est interdit aux esclaves de posséder d'autres objets que ceux qui leur sont fournis à leur arrivée. Surtout un miroir ! À quoi as-tu donc pensé ? Un miroir... Ils n'ont aucunement besoin de ce genre de chose ! Que ce soit la dernière fois !

Le ton était ferme. Pierre baissa la tête, malheureux. Il aurait dû savoir que ce cadeau pouvait nuire à Lygaya. Par sa faute, son meilleur ami avait failli être battu par le commandeur. Et maintenant, sa tante était au courant... Honteux, il préféra se retirer. Comme il lui fallait un prétexte, il proposa à sa cousine de sortir dans le parc et d'aller faire une visite aux chevaux, à l'écurie. La fillette le suivit. En sortant, ils croisèrent Sanala.

Elle portait sur sa tête une corbeille remplie de linge propre qu'elle allait étendre sur l'herbe pour le faire sécher au soleil. Sophie, qui courait encore après le chat, ne la vit pas et la bouscula par inadvertance. Sanala perdit l'équilibre. La corbeille se renversa et une partie du linge tomba dans la poussière. La petite fille était furieuse…

— Tu pourrais faire un peu attention! lâcha-t-elle d'un ton sec en s'adressant à Sanala.

Puis, elle continua son chemin, sans plus s'occuper de la pauvre Sanala qui s'empressa de ramasser le linge éparpillé dans la poussière.

Pierre rattrapa sa cousine quelques instants plus tard:

— Tu aurais pu lui demander pardon, tout de même! As-tu pensé au travail que cela représente pour Sanala? Elle va devoir nettoyer à nouveau le linge et…

Il fut interrompu par la petite voix stridente de la fillette:

— C'est son travail! Et si le linge est tombé à terre, c'est de sa faute. Elle n'avait qu'à faire attention et tenir correctement sa corbeille. Quelle stupidité de tenir une corbeille en équilibre sur sa tête!

Pierre sentit la colère l'envahir. Il baissa la tête et laissa glisser entre ses dents:

— Petite sotte prétentieuse… Péronnelle!

Sophie n'avait pas entendu; d'un pas déterminé, elle se dirigeait déjà vers l'écurie. L'esclave chargé de s'occuper des chevaux les accueillit:

— Il faut faire attention à la jument grise, dit Jon. Elle vient d'avoir un petit et si l'on s'approche trop près, elle devient nerveuse…

Les enfants s'approchèrent avec précaution de la stalle de la jument grise pour admirer le poulain qui, quelques heures après sa naissance, tenait déjà sur ses quatre pattes. Ils l'observèrent pendant de longues minutes, s'amusant de son air un peu ahuri. Sa robe était couleur fauve et une étoile blanche éclatait sur son chanfrein. En quittant l'écurie, Pierre invita sa cousine à le suivre. Ils prirent un petit sentier escarpé qui descendait vers la plage. Ils passèrent quelques heures à se promener, pieds nus au bord de la mer et à ramasser des coquillages. Pierre n'avait pas très envie de parler à Sophie. Elle s'en aperçut et lui demanda:

— Seriez-vous fâché, mon cousin?

— Pas le moins du monde… répliqua Pierre sur le même ton.

— Alors, pourquoi ne me parles-tu pas?

— Je trouve simplement que tu n'as pas été très gentille tout à l'heure.

— Tu ne vas tout de même pas m'ennuyer avec cette stupide histoire de corbeille à linge et cette esclave…

Pierre décida que c'en était trop. Il prit une badine, la planta dans le sable pour connaître l'heure. L'ombre de la baguette lui indiqua quatre heures.

— Il est temps de rentrer pour le goûter, dit-il à sa cousine.

Les deux enfants rejoignirent la grande maison, où un goûter, composé de chocolat chaud et de brioches, leur fut servi par Sanala. La tante Marie vint les retrouver. Elle commença aussitôt à interroger Pierre sur ses progrès scolaires. Celui-ci, l'air distrait, s'efforçait de lui répondre poliment.

Pierre ne pouvait s'empêcher de penser à Lygaya. Il aurait tellement aimé que son ami soit heureux. Une idée lui traversa alors l'esprit: «Je pourrais peut-être aider Lygaya en demandant à papa de l'employer à l'écurie… Il faut que j'arrive à le convaincre… » Tout en réfléchissant à cette idée, Pierre surveillait les faits et gestes de sa petite cousine. Ses manières de petite fille prétentieuse l'énervaient au plus haut point. Elle venait de renverser sa tasse de chocolat et se crut obligée de faire une scène parce que sa jolie robe blanche était tachée. Sanala, sans un mot, s'empressa de réparer les dégâts.

Après le goûter, Pierre décida de laisser sa cousine en compagnie de sa tante Marie et d'aller à sa cabane pour y retrouver un peu de tranquillité. Il se dirigeait vers le grand arbre lorsque l'écho d'une conversation lui parvint. Il reconnut la voix du commandeur. Celui-ci s'entretenait avec un autre homme. L'enfant se faufila rapidement derrière un taillis pour écouter.

— Les tonneaux sont prêts à être embarqués, disait le commandeur. Je les ai entreposés la nuit dernière dans une grotte de la grande falaise, près de la petite plage. Vous pourrez venir les chercher demain soir. Cette fois-ci, je veux être payé en esclaves. Vous m'en donnerez cinq.

— Vous êtes très exigeant, répliqua l'inconnu. Vous oubliez que votre marchandise est volée. Si votre patron apprenait qu'une partie de son sucre est vendue en contrebande, je doute qu'il vous garde à son service. Qu'allez-vous faire de ces esclaves ?

— Cela ne vous concerne pas, répondit le commandeur d'un ton sec.

— Très bien, je vous donnerai les cinq esclaves que vous réclamez en contre-partie du sucre. Nous nous retrouverons demain soir, sur la plage, au coucher du soleil. Je vous y attendrai et nous ferons l'échange.

Immobile, Pierre retenait sa respira-tion, de crainte d'être découvert par les deux hommes. Dès qu'ils s'éloignèrent, l'enfant sortit de sa cachette. Il se préci-pita en courant vers la grande maison et, pour être sûr de ne pas rencontrer le commandeur, emprunta un raccourci.

Il arriva essoufflé dans le salon. C'est sa tante Marie qui l'accueillit.

— Eh bien, te voilà ! Nous te cher-chions. Tes vêtements sont tout poussié-reux. Va donc te laver immédiatement !

Nous passons à table à six heures trente précises…

Le ton ne laissait aucun doute sur sa mauvaise humeur.

Pendant ce temps, dans la case, Sanala racontait à Lygaya sa rencontre avec la cousine Sophie.

— Cette petite fille n'est pas bonne. Et je pense que son cousin ne l'aime pas beaucoup. Ils ne se ressemblent pas du tout. Pierre est juste, droit, gentil, bon et… cette petite est sotte, méchante. Elle n'a pas de cœur… La cuisinière m'a raconté que l'été dernier, un esclave a été très sévèrement puni par sa faute. Elle l'avait accusé d'avoir volé un pendentif en or qu'elle ne retrouvait pas. L'esclave a été fouetté et, deux jours plus tard, la nounou a retrouvé le pendentif sous l'oreiller de Sophie. Cette petite sotte avait tout simplement égaré son pendentif et l'avait retrouvé. Plutôt que de reconnaître ses torts, elle n'avait rien dit à personne et avait caché le bijou sous son oreiller. Une véritable peste! dit Sanala.

— Une péronnelle…! ajouta Lygaya.

Comme d'habitude, le lendemain, Pierre alla retrouver Lygaya. Il avait décidé de lui confier son secret. Il lui répéta donc la conversation qu'il avait surprise la veille, entre le commandeur et le capitaine du navire.

Lygaya ne put retenir son indignation.

— Mais c'est terrible! dit-il.

— Oui, c'est terrible, reprit Pierre. C'est d'autant plus terrible que plusieurs esclaves ont déjà été punis à cause de lui. Ils avaient été accusés d'avoir volé du sucre. Ils ont été fouettés puis revendus à un marchand négrier qui les a négociés, peu après, en Amérique du Sud.

— Il faut faire quelque chose. Sinon, d'autres esclaves seront injustement battus à cause de cet homme. Toi, tu peux en parler à ton père et lui dire la vérité!

— Non, répondit Pierre. Il ne me croira pas. Il faut que le commandeur fasse une erreur. Il faut lui tendre un piège pour le démasquer…

— Mais comment pouvons-nous faire? Je suis un esclave! Comment puis-je t'aider? De plus, c'est lui qui me surveille toute la journée…

— Justement, tu es chaque jour près de lui. C'est toi qui le surveilleras… Il ne soupçonnera pas un seul instant qu'il est épié par un esclave. Tu noteras dans ta mémoire tous ses faits et gestes. Moi, je le surveillerai le soir. Ce soir, je le suivrai jusqu'à la grotte…

— C'est beaucoup trop dangereux. Je t'accompagnerai.

Pierre parut surpris. Il n'était pas question de mettre la vie de son ami en danger.

— Non, tu ne m'accompagneras pas. Moi, je ne risque rien, il n'osera jamais me faire de mal.

La cloche retentit, annonçant la reprise du travail. En partant, Lygaya se retourna et cria :

— À dix heures… à la cabane !

Pierre n'eut pas le temps de répondre ; son ami avait déjà disparu. Il reprit le chemin de la grande maison. Lorsqu'il arriva à proximité, il vit une calèche arrêtée devant la porte. Les chevaux étaient en sueur, ce qui signifiait qu'un visiteur venait d'arriver. La curiosité de l'enfant blond le poussa à se diriger vers le salon. Une jeune fille se tenait là, debout, devant sa tante Marie. À l'approche de Pierre, elle se retourna. Il la reconnut tout de suite : c'était Juliette, sa cousine.

Grande et svelte, Juliette avait les yeux et les cheveux très noirs, le teint mat, doré par le soleil. Très jolie, elle ressemblait beaucoup à sa mère. Son regard reflétait une nature douce et bienveillante. Juliette s'avança vers son cousin et l'embrassa.

— Comme tu as changé ! s'exclama-t-elle avec bonne humeur.

Chaque année, Juliette passait une quinzaine de jours à la plantation, avec sa mère et sa petite sœur. Elle employait son temps à lire, à se promener, à rêver. On la disait intelligente. Parfois, elle accordait quelque attention à son cousin et partageait quelques-uns de ses jeux. Elle était très calme et avait beaucoup de patience avec sa petite sœur. Elle s'en occupait très souvent, essayant de trouver des jeux qui l'intéresseraient.

Pierre observait Juliette. « C'est vrai qu'elle est belle... Elle semble tellement calme ! » Il était vraiment heureux de revoir sa cousine qu'il ne voyait que trop rarement à son goût...

Le repas du soir se passa comme d'habitude : en silence pour les enfants et en conversations animées pour les adultes. L'attention de Pierre fut attirée par une réflexion de son père. Il s'adressait à la tante Marie.

— Je ne sais pas comment cela se passe pour vous, dans le nord de l'île, mais ici nous perdons beaucoup d'argent. Les esclaves nous volent. L'année dernière, nous avons trouvé le voleur, mais cette année, impossible de mettre la main sur l'esclave qui subtilise une partie de notre sucre. Je vais être obligé de renforcer notre système de surveillance et d'engager des contremaîtres plus rigoureux…

— Vous avez tout à fait raison, répondit la tante Marie avec humeur. Depuis que nous surveillons de près nos esclaves, nous n'avons plus ce genre de problèmes. Mais il faut rester vigilants, car les esclaves sont naturellement voleurs.

Pierre mangeait son potage sans paraître s'intéresser à ce qu'on disait autour de lui. Il songeait : « Si vous saviez, ma tante, qui vole le sucre de notre plantation… Vous engageriez certainement un autre contremaître pour surveiller la vôtre ! »

Plus tard, les enfants regagnèrent leur chambre. Mais au moment d'aller au lit, la petite peste de Sophie ne put résister à la tentation de faire un caprice. Elle ne voulait pas dormir seule et souhaitait que Sanala passe la nuit à ses côtés. Juliette réussit à la calmer en lui promettant de lui raconter une histoire. Dans la chambre d'en face, Pierre avait enfilé sa chemise de nuit par-dessus ses vêtements. Il se coucha et attendit la visite de son père qui, comme tous les soirs, venait lui souhaiter une bonne nuit.

Lorsque la porte se referma sur Charles et que les pas s'éloignèrent, Pierre s'assit sur son lit et patienta quelques minutes. Lorsqu'il fut certain que tout le monde s'était retiré pour la nuit, il se leva, ôta sa chemise de nuit, plaça un oreiller sous les draps et ouvrit sa porte-fenêtre. Il sortit sur le balcon. De temps à autre, la nuit, il lui arrivait de s'échapper pour aller passer la nuit dans sa cabane. Il revenait au petit matin, avant le réveil de son père. Sa chambre étant située à l'opposé du salon, personne ne pouvait soupçonner ses escapades nocturnes.

Il venait d'enjamber la balustrade et s'apprêtait à se laisser glisser le long de la colonne qui soutenait le balcon, lorsqu'une petite voix l'arrêta :

— Que fais-tu ?

Il remonta précipitamment sur le balcon et se trouva nez à nez avec sa cousine Juliette.

Il lui fallait rapidement trouver un mensonge à raconter. Hélas, il n'était pas habitué à ce genre de gymnastique de l'esprit. Il balbutia :

— Je… enfin… j'ai laissé tombé un… un livre… et je voulais aller le chercher…

Juliette le regarda avec un petit sourire en coin.

— Je ne sais pas ce que tu voulais faire exactement, mais une chose est certaine : tu ne sais pas mentir ! Je crois qu'il serait plus simple pour toi d'aller chercher ton livre en passant par la porte, dit-elle d'un air narquois.

Puis, comme Pierre ne desserrait plus les dents, elle poursuivit :

— Alors, monsieur le menteur, veux-tu me mettre dans la confidence ?

Pierre était très mal à l'aise. S'il se confiait à Juliette, celle-ci irait certainement tout raconter à son père. Il baissa la tête et se mit à chercher une histoire crédible pour se sortir de cette situation embarrassante. Sa cousine, qui avait deviné son embarras, ne disait rien. Elle avait croisé les bras et attendait, immobile. Vaincu, Pierre soupira et, après lui avoir fait promettre le silence, il décida de tout lui dire.

— Je jure de ne rien dire à personne...

Pierre lui raconta donc toute l'histoire. Juliette l'écoutait en hochant la tête, l'air concentré. Lorsque Pierre eut terminé, elle s'empressa de le mettre en garde :

— Ce que tu veux faire est très dangereux pour toi, mais surtout pour ton ami Lygaya. Si le commandeur vous surprenait, il pourrait facilement raconter n'importe quoi à ton père. Et ton père le croira.

Juliette s'arrêta un instant. Elle venait d'avoir une idée :

— Non, il faut que quelqu'un vous accompagne. Il vous faut un témoin. Vous devez m'emmener avec vous. Ainsi, si on vous surprend, je pourrai intervenir auprès de ton père. Je suis la plus âgée et il me croira.

Pierre trouva l'idée extraordinaire. «Décidément, elle est vraiment très intelligente!» pensa-t-il.

8

Une nuit pas comme les autres

Le soleil avait maintenant disparu à l'horizon. Pierre et Juliette se dirigèrent en silence vers la cabane. Ils arrivaient au pied du grand arbre lorsque Lygaya, sans bruit, surgit devant eux. Juliette sursauta. Après avoir présenté sa cousine au jeune esclave, Pierre les entraîna sur le chemin qui conduisait à la plage.

Ils s'engagèrent en file indienne dans le petit sentier tortueux qui traversait un bois touffu. Les pas de Lygaya étaient légers, parfaitement silencieux. Juliette s'en étonna et lui demanda tout bas :

— Comment fais-tu pour ne pas faire de bruit en marchant ?

— J'ai l'habitude. Lorsque nous partions à la chasse, dans mon pays, nous devions faire attention de ne pas effrayer le gibier. Mon père m'a appris à marcher sans faire de bruit. Il ne faut surtout pas appuyer ses pieds sur le sol. Juste l'effleurer. On pose la pointe des pieds, avant de poser le talon. C'est très simple.

Juliette et Pierre tentèrent d'imiter leur ami. En vain : n'importe qui aurait pu détecter leur présence dans ces lieux.

Ils décidèrent d'abandonner le sentier et de couper à travers bois afin de ne pas se faire remarquer. La nuit était enveloppante, sinistre. Une chouette hulula et son cri, qui n'était pas fait pour rassurer les trois enfants, les fit s'arrêter un instant. Ils se regardèrent, chacun cherchant à se rassurer dans le regard de l'autre.

Ils atteignirent enfin la petite plage et se postèrent derrière des buissons. L'endroit qu'ils avaient choisi leur permettait d'avoir une vue d'ensemble de la baie. Un navire négrier était ancré au large. Une chaloupe glissait silencieusement sur l'eau en direction de la plage, avec trois hommes à son bord. Elle accosta quelques minutes plus tard. Les hommes venaient tout juste de débarquer, lorsqu'un hennissement annonça l'arrivée d'un cavalier sur la plage. Les enfants reconnurent le commandeur.

L'homme descendit de sa monture et se dirigea vers les trois marins.

Ils échangèrent quelques mots, puis se dirigèrent ensemble vers les falaises… vers la grotte où étaient entreposés les fûts de sucre. De leur poste d'observation, Lygaya et Pierre ne pouvaient plus distinguer les quatre personnages. Ils se rapprochèrent pour ne rien manquer de la scène. Une autre barque approchait de la côte. Sept personnes, dont cinq esclaves, en descendirent. Pendant ce temps, Pierre, Juliette et Lygaya continuaient d'observer les agissements du commandeur et de ses comparses. Les hommes venaient de ressortir de la grotte en roulant de gros tonneaux devant eux. Les enfants n'en croyaient pas leurs yeux.

— Mais il y a une bonne partie de la production de sucre de la plantation, sur cette plage! chuchota Pierre. Il faut immédiatement avertir mon père, avant que les tonneaux ne soient embarqués sur le navire!

Juliette saisit le bras de son cousin.

— Non, tu n'auras pas le temps. Ils auront déjà embarqué les fûts. Ce ne doit pas être la première fois qu'il fait de la contrebande. Il faut attendre le moment propice. Rentrons maintenant, nous aviserons plus tard.

Les enfants allaient se retirer, lorsque Lygaya fut attiré par la silhouette familière de l'un des esclaves. Celui-ci roulait un tonneau devant lui. Grand, bien bâti, il avait une allure fière, altière... Pas de doute, c'était l'allure d'un chasseur bantou. Le cœur de Lygaya se mit à battre à toute allure. Il eut envie de crier, mais il se retint de justesse. Tandis qu'il continuait d'observer la scène, de grosses larmes ruisselaient sur ses joues. Pierre et Juliette se rapprochèrent de lui.

— Tu sembles bouleversé, Lygaya. Que se passe-t-il? Qu'as-tu vu? lui demanda Pierre.

La gorge de Lygaya se noua. Il ne réussit à articuler qu'un seul mot:

— Pinto...

— Pinto? répéta doucement Juliette. Qu'est-ce que c'est?...

L'air désemparé, Lygaya regarda tour à tour Pierre et Juliette, puis lâcha finalement dans un souffle:

— Pinto, mon père... Il est là, en bas, sur la plage... Il... Il pousse un tonneau de sucre...

Juliette et son cousin se regardèrent. Ils venaient de comprendre l'émotion de leur ami. La jeune fille s'approcha plus près de lui, posa sa main sur son épaule et lui chuchota :

— Viens, il faut partir. Nous ne pouvons rien faire pour l'instant, c'est inutile de rester plus longtemps. Viens... répéta-t-elle, en le tirant par la main.

Après un moment d'hésitation, Lygaya décida de les suivre. Ils reprirent tous trois le chemin du retour et se retrouvèrent bientôt à l'abri dans la cabane.

Lygaya était triste et songeur. Il avait revu son père mais n'avait pu lui parler, le rassurer, lui dire que Sanala et lui étaient en vie. Juliette et Pierre tentaient de le consoler.

Les trois enfants réfléchirent au plan qui leur permettrait de confondre le commandeur et de réunir la famille de Lygaya. Soudain, Pierre fit un signe à ses amis.

— Chut! dit-il en tendant l'oreille et en faisant signe aux autres de ne pas bouger. J'ai entendu du bruit… Écoutez…

À leur tour, Juliette et Lygaya tendirent l'oreille.

Des craquements de branches mortes et des voix leur parvinrent. Ils retinrent leur respiration et ne bougèrent plus. Les voix se rapprochèrent jusqu'à devenir distinctes. Par la petite fenêtre de la cabane, Juliette aperçut des silhouettes qui s'approchaient de la clairière. Il s'agissait d'un groupe d'hommes. La jeune fille discerna les cinq esclaves entrevus sur la plage. Enchaînés les uns aux autres, ils avançaient sous la surveillance de trois marins armés. Le groupe fit une halte de quelques minutes au pied de l'arbre.

— Nous allons couper à travers bois pour ne pas nous faire remarquer. La lune est claire cette nuit, dit l'un des marins.

— Il faut se dépêcher. Le commandeur nous attend au quartier des esclaves dans dix minutes, reprit un autre.

Par la petite ouverture, Lygaya tentait d'apercevoir Pinto. Il le vit, attaché à un autre esclave. «Comme il semble fatigué...» pensa Lygaya.

Le groupe s'engagea sur le chemin en direction du quartier des esclaves. Très rapidement, les trois enfants décidèrent d'un commun accord de les suivre. Ils descendirent de leur refuge et s'enfoncèrent dans le bois, en se tenant à bonne distance et en faisant très attention pour ne pas marcher sur des branches mortes. Ils passèrent devant la grande maison et traversèrent le quartier des esclaves endormi. Soudain, un homme surgit de l'une des cases.

Située légèrement en retrait des autres, cette case était depuis longtemps inhabitée. L'homme qui venait d'en sortir n'était nul autre que le commandeur.

Les enfants s'arrêtèrent et s'accroupirent derrière un petit muret tout proche. Ils purent ainsi voir sans être vus.

Ils entendirent le commandeur donner un ordre aux marins :

— Faites-les entrer, attachez-les et bâillonnez-les. Personne ne les trouvera ici. Je reviendrai les chercher la nuit prochaine pour les expédier en Guadeloupe.

Les marins s'exécutèrent. Quelques minutes plus tard, leur tâche achevée, ils sortirent de la case. Après avoir glissé la clef dans sa poche et échangé quelques mots avec eux, le commandeur s'éloigna. Les marins, de leur côté, prirent le chemin de la plage.

Après s'être assurés que la voie était libre, les trois enfants quittèrent leur cachette et coururent vers la case des prisonniers.

— Allons à la fenêtre, dit Juliette.

Hélas, une planchette bloquait l'ouverture.

— Nous pouvons essayer par le toit, dit Lygaya. En enlevant quelques roseaux, nous pourrons voir à l'intérieur.

Il grimpa sur les épaules de Pierre puis, s'agrippant au mur, ôta quelques roseaux du toit. Subitement, il disparut à l'intérieur de la case. Les deux cousins coururent aussitôt à la fenêtre. Le visage de Lygaya apparut par l'ouverture. Aidés par Lygaya, Pierre et Juliette se glissèrent à leur tour dans la case. Un rayon de lune éclairait la pièce. Dans un coin, cinq hommes étaient assis, bâillonnés, pieds et poings liés. Le regard de Lygaya rencontra celui de Pinto. Il se précipita immédiatement vers son père et lui ôta ses liens. Tout en défaisant son bâillon, il lui dit quelques mots en bantou :

— Ne crains rien, ce sont des amis. Je suis heureux de te revoir...

Quelques instants plus tard, Pinto serrait Lygaya dans ses bras.

— Mon fils... Je ne pensais plus te revoir... Où est ta mère ?

— Sanala est avec moi. Nous avons aussi recueilli une petite fille que nous avons rencontrée sur le bateau, et qui avait été vendue seule. Sanala va bien. Le voyage a été difficile pour nous. Surtout pour Sanala. Mais nous n'avons jamais été séparés. Et toi ?

— Quelques jours après votre départ, un négrier m'a acheté et j'ai été embarqué avec d'autres esclaves. Nous nous sommes arrêtés quelques jours aux îles du Cap-Vert, puis nous sommes repartis en mer. Nous étions tous malades. Beaucoup sont morts pendant la traversée.

Tandis que Lygaya et Pinto se retrouvaient, Juliette et Pierre s'affairaient à défaire les liens des autres esclaves en se demandant ce qu'ils allaient bien pouvoir faire d'eux.

— Nous pourrions peut-être les cacher? dit Juliette à son cousin.

— Oui, mais… où? laissa tomber Pierre, l'air perplexe.

Pris dans le feu de l'action, les enfants n'avaient pas eu le temps de planifier leur intervention et ne savaient trop maintenant comment réagir. C'est alors que Lygaya eut une idée.

— Je vais chercher Simbo et je vais tout lui raconter. Il pourra nous aider et nous dire ce que nous devons faire. Attendez-moi ici, dit-il en disparaissant par la fenêtre.

9

LA MAIN DANS LE SAC

Dehors, tout était calme. Lygaya traversa sans bruit le village des esclaves et arriva chez son ami. La porte était entrouverte. Il s'approcha de la paillasse et donna une petite tape sur l'épaule de Simbo qui ronflait bruyamment. Le vieil esclave ouvrit les yeux et sursauta, surpris de trouver Lygaya, debout devant lui.

— J'ai besoin de toi... chuchota l'enfant.

— Ta mère est malade? demanda-t-il, soudain alerté.

Lygaya le rassura et entreprit de lui expliquer la situation. Simbo l'écouta attentivement.

— Il faut aller chercher le maître. Tout de suite! s'exclama Simbo quand Lygaya eut terminé. Nous ne pouvons pas les cacher. Toute la plantation est surveillée et le commandeur sera furieux s'il les trouvait. Il se vengera sur nous et tous les esclaves auront des ennuis. Il faut faire vite!

Simbo se leva rapidement et enfila sa chemise de grosse toile.

— Il faut faire vite, Lygaya! Montre-moi où ils sont...

Le dos courbé, Lygaya et Simbo avançaient d'un pas vif entre les cases endormies.

Simbo avait peur. Il savait que les Noirs ne devaient pas se mêler des histoires qui concernaient les Blancs. Il n'ignorait pas qu'il risquait d'être fouetté pour oser accuser un Blanc, mais cela lui était égal. Il voulait aider Lygaya à tout prix.

Ils retrouvèrent Pierre et sa cousine. Ensemble, ils décidèrent que Juliette irait chercher le père de Pierre. Elle était la plus âgée et saurait convaincre son oncle. Ils attendraient son retour en compagnie des prisonniers. Elle partit sur-le-champ.

Elle courut jusqu'à la grande maison, traversa en vitesse le hall d'entrée et grimpa les marches deux à deux jusqu'au premier étage. À bout de souffle, elle frappa à la porte de la chambre de son oncle. Une voix endormie l'invita à entrer.

— Juliette ? Que se passe-t-il ? demanda Charles, inquiet.

Juliette raconta rapidement la fourberie du commandeur. Elle parla du trafic de sucre et d'esclaves, sans oublier d'ajouter que Lygaya avait retrouvé son père parmi les esclaves prisonniers. Charles ne put contenir sa colère.

— Vous êtes inconscients ! cria-t-il dans son courroux. Pourquoi n'êtes-vous pas venus m'avertir plus tôt ? Ce que vous avez fait est très dangereux. Cet homme est un brigand, un voleur sans scrupules. Peut-être même un assassin... Allons tout de suite retrouver Pierre.

Il enfila rapidement ses vêtements, décrocha son fusil et quitta sa chambre, talonné par Juliette.

— Nous allons passer par la sucrerie pour y chercher des renforts, dit Charles sans se retourner.

La sucrerie était située à l'arrière de la grande maison. C'était un bâtiment cossu, construit en pierres. Elle fonctionnait vingt-quatre heures sur vingt-quatre et, à cette heure-ci de la nuit, une vingtaine d'esclaves y travaillaient. Il y régnait une chaleur suffocante à cause du jus de canne qui bouillonnait continuellement dans une grande cuve placée au-dessus d'un feu que les esclaves alimentaient sans répit.

Charles interpella trois des surveillants et leur fit signe de le suivre.

Pendant ce temps, dans la case des prisonniers, Lygaya et Simbo écoutaient le récit de Pinto.

— Après plusieurs jours, nous avons entendu des pas sur le pont ; des gens couraient de tous les côtés. Notre bateau venait d'être attaqué par des pirates. Ils nous ont capturés, puis transbordés sur un autre navire.

— Cela arrive souvent, expliqua Simbo. Les pirates attaquent un navire négrier, suppriment l'équipage, coulent le navire et revendent les esclaves dans les îles des Antilles, en échange de marchandises de contrebande.

— Oui, reprit Pinto, tu as peut-être raison... mais il reste que beaucoup de nos frères ont trouvé la mort, car les pirates n'ont pas hésité à tuer tous les prisonniers malades…

À ce moment-là, la porte de la case s'ouvrit brusquement. La silhouette du commandeur apparut. Il tenait un pistolet à la main. Surpris de trouver les prisonniers détachés et de voir Lygaya et Simbo à leur côté, il en bégaya de colère.

— Qu'est-ce… Qu'est-ce que vous… faites là ? Qui ? Qui… vous a donné l'ordre… ? Vous serez fouettés… Pour avoir osé…

— Et vous, que faites-vous là ?

C'était la voix de Pierre. Stupéfait, l'homme vit l'enfant blond qui avançait vers lui. Il n'avait pu remarquer Pierre qui se tenait dans un coin sombre de la pièce. Mais le commandeur se ressaisit très vite.

— Ces esclaves appartiennent à un planteur du nord de l'île. Il m'a confié la charge de les acheter et… j'en ai la garde jusqu'à demain. Votre père est au courant. Les autres esclaves ont tenté de les libérer pour s'enfuir avec eux… Heureusement, je suis arrivé à temps… Ils doivent être punis. Je vais m'en occuper…

Lygaya se rapprocha de son ami.

Pierre continuait de dévisager l'homme sans bouger. Il espérait que Juliette reviendrait rapidement avec les renforts. Il fallait gagner du temps.

— C'est moi qui ai donné l'ordre de libérer les esclaves, dit-il.

Le commandeur releva la tête et, défiant Pierre, lui dit :

— Votre père sera fier de vous lorsqu'il apprendra cela ! Je vais...

Il n'eut pas le temps d'achever sa phrase. Une autre voix couvrit la sienne.

— Son père est déjà au courant... de tout, y compris du sucre volé et caché dans les falaises. Son père est fier de son courage...

Le visage du commandeur devint livide. L'homme perdit tous ses moyens. Il ne pouvait fuir et se trouvait à la merci des trois hommes armés qui accompagnaient Charles. Il jeta son arme à terre et se rendit. Aussitôt, les hommes s'emparèrent de lui, le ligotèrent et l'emmenèrent.

Juliette, qui était restée loin derrière, arriva en courant.

— Qu'allez-vous faire de lui ? demanda-t-elle à son oncle.

— Il va être jugé et, certainement, pendu, répondit-il.

— Et les esclaves? demanda Pierre, soucieux du sort de Pinto.

— Ils n'ont pas de maître et ils ont été achetés avec notre marchandise. Donc, ils nous appartiennent. Nous les gardons!

Le visage de Lygaya s'illumina. Ainsi, par un hasard aussi incroyable qu'extraordinaire, sa famille était à nouveau réunie. Certes, il savait bien que leur vie ne serait jamais ce qu'elle avait été auparavant, dans leur village. Mais pour Lygaya, le plus important était d'avoir son père auprès de lui. Il avait hâte de rentrer avec Pinto pour retrouver Sanala.

Les autres esclaves furent confiés à Simbo qui fut chargé de s'occuper de leur installation.

— Le soleil se lève. Il est temps pour nous de rentrer et de prendre quelques heures de repos, dit Charles en poussant Juliette et Pierre à l'extérieur de la case. Nous reparlerons de votre escapade plus tard...

Le ton de son père rassura Pierre. Il savait qu'il venait d'éviter une punition de justesse. En réalité, Charles avait eu très peur pour son fils. Ébranlé par les derniers événements, il n'avait aucune envie de sévir davantage. Ils prirent le chemin de la grande maison, accompagnés de Juliette. Sur le chemin du retour, Pierre osa poser la question qui lui brûlait la langue :

— Penses-tu que Lygaya ferait un bon palefrenier ?

Charles regarda son fils d'un air étonné. Puis il comprit combien cette question était importante pour Pierre. Après un court moment de réflexion, il s'éclaircit la gorge et dit :

— Il fera sûrement un bon palefrenier après quelques mois de stage à l'écurie. À condition qu'il commence son apprentissage au plus tôt...

Juliette et Pierre échangèrent un sourire entendu.

Simbo confia à Lygaya le soin de s'occuper de Pinto.

— Ton père devra sûrement se reposer quelques jours avant de commencer à travailler. Demain matin, je vous apporterai des citrons et de l'huile de palme. Va maintenant. Va annoncer la bonne nouvelle à Sanala. J'aurais tellement aimé pouvoir retrouver les miens, moi aussi. Mes enfants... Ils m'ont pris mes enfants...

La main de Pinto toucha doucement le bras du vieil esclave. Simbo pleurait en silence.

En marchant côte à côte, Pinto et Lygaya prirent le chemin de la case familiale.

L'enfant parlait à son père de leur vie dans la plantation :

— Le travail est dur... très dur. Les esclaves qui n'obéissent pas sont sévèrement punis. Les maîtres sont bons... mais cela ne suffit pas à nous faire oublier que nous sommes des esclaves ! Nous n'avons plus notre liberté. Et nous devrons passer toute notre vie dans cette case et dans ces champs...

Pinto s'aperçut que durant cette longue séparation, son fils avait beaucoup changé. Il pensait que Lygaya aurait certainement été un grand chasseur, brave et courageux, s'ils avaient pu rester dans leur village, en Afrique.

— Non, répondit Pinto... Je te promets que nous ne resterons pas esclaves. Un jour, nous serons à nouveau libres!

Ils arrivèrent à proximité de la case. Le jour se levait. La porte s'ouvrit et Sanala apparut sur le seuil. Elle partait travailler, comme chaque matin à l'aube. Elle vit au loin Lygaya tenant la main d'un homme dont la silhouette lui rappela celle de Pinto. Elle resta paralysée sur place. «Non, ce n'est pas possible», se dit-elle. Mais lorsque les deux silhouettes se rapprochèrent, elle comprit qu'elle ne rêvait pas. Et, pour la première fois depuis qu'ils avaient quitté leur village, Lygaya vit un sourire apparaître sur le visage de sa mère.

LYGAYA À QUÉBEC

1

UNE IMPORTANTE MISSION

Il y avait huit mois que Lygaya était arrivé à la plantation. Il vivait dans le quartier des esclaves entouré de son père, Pinto, de sa mère, Sanala, et d'une petite fille, Anama, que ses parents avaient recueillie.

Depuis son arrivée à la Martinique, le jeune esclave avait beaucoup appris sur la vie et les coutumes des Blancs. Son amitié tout à fait inattendue avec Pierre d'Hauteville, le fils du planteur, l'avait beaucoup aidé. Pierre avait insisté auprès de son père pour que Lygaya apprenne le métier de palefrenier. Lygaya aimait soigner les chevaux et préférait de loin ce travail à celui des champs, plus fatigant. Il avait très vite appris à les soigner, à les étriller, à les panser… mais ce qui lui plaisait par-dessus tout, c'était les longues promenades à cheval qu'il faisait avec Pierre. Le jeune maître et son esclave partaient ensemble, tôt le matin après le petit déjeuner, et galopaient le long de l'immense plage de sable blanc, puis ils rentraient au pas à travers bois. L'amitié de Pierre aidait Lygaya à surmonter la dureté de sa condition d'esclave.

Pinto, le père de Lygaya, travaillait chaque jour dans les champs de canne à sucre. Il partait à l'aube et rentrait au coucher du soleil. Lorsqu'il retrouvait sa famille, à la nuit naissante, harassé de fatigue, il mangeait lentement la bouillie de manioc et de piment que lui avait préparée Sanala, puis s'allongeait sur sa paillasse. La tête posée sur le billot de bois qui lui servait d'oreiller, il fermait alors les yeux et rêvait à sa vie passée… à l'époque où il était un homme libre dans son village africain, un fier chasseur bantou. Il s'endormait ainsi, allongé sur le dos, sans un mot.

Sanala était beaucoup plus heureuse depuis l'arrivée de Pinto à la plantation. Elle avait pris plus d'importance dans la grande maison : le maître lui avait confié la lourde tâche de diriger les quatre autres esclaves affectés au service de la demeure. Seule Anna, la cuisinière, restait maître de sa cuisine ! Quant

à la petite Anama, que Lygaya considérait comme sa sœur, elle avait grandi
et était devenue une jolie jeune fille de
douze ans, doublée d'une très bonne
cuisinière à qui Anna n'hésitait plus à
confier de nombreuses préparations
culinaires.

Tout semblait s'être figé dans cette
plantation située à une demi-journée
à cheval au sud de la grande ville
portuaire de Saint-Pierre. La vie y était
organisée et réglée comme du papier
à musique. Le propriétaire, Charles
d'Hauteville, souhaitait que ses esclaves
soient bien traités afin que rien ne vienne
troubler la paix et le calme qui régnaient
dans la propriété. L'expérience lui
avait appris que des esclaves en bonne
santé travaillaient plus et mieux. Aussi
mettait-il un point d'honneur à s'entourer
de « commandeurs » aux qualités morales
et humaines irréprochables. Ces derniers
étaient chargés de diriger le travail des
esclaves.

Depuis son arrivée à bord d'un
bateau négrier, en 1780, dans le port de
Saint-Pierre, Lygaya n'avait jamais quitté

la plantation d'Hauteville. L'occasion de se rendre à Saint-Pierre lui fut offerte un beau matin. Ce jour-là, Charles d'Hauteville fit appeler le jeune esclave. Lorsque Lygaya arriva dans le hall d'entrée, Charles parlait à son fils :

— Pierre, je pense que tu es en âge de te rendre seul à Saint-Pierre. Je suis malade et la fièvre m'empêche de me déplacer avant quelques jours. Tu iras voir monsieur Deshotel, qui est chargé de l'administration du port, et tu lui remettras ces documents qui sont très importants pour notre prochaine récolte. Lygaya t'accompagnera. Vous passerez la nuit chez ta tante Marie qui est en ce moment à Saint-Pierre. Tu lui remettras également cette lettre.

Lygaya comprit que son ami venait d'être chargé d'une importante mission. Il était fier de pouvoir l'accompagner, d'autant plus qu'il savait que le maître accordait très rarement sa confiance à un esclave.

Avant de rejoindre sa chambre, Charles s'adressa à Lygaya :

— En partant dans une heure, vous serez à Saint-Pierre vers six heures. Anna va vous préparer un panier pour la route. En arrivant à Saint-Pierre, tu prendras soin des chevaux. Il est important qu'ils se reposent. Mais je te fais confiance, tu sais ce qu'il faut faire!

Lygaya approuva de la tête, en baissant les yeux, comme il avait pris l'habitude de le faire lorsque le maître ou un homme blanc lui donnait un ordre.

Pierre monta quatre à quatre l'escalier qui menait au premier étage et se dirigea vers sa chambre où Sanala s'affairait. Excité, il entra précipitamment dans la pièce.

— Sanala, prépare-moi quelques effets, Lygaya et moi, nous partons à Saint-Pierre. Nous y passerons la nuit. Vite! Dépêche-toi, le chemin est long!

Sanala s'affola.

— Lygaya part avec toi?

— Oui... mais ne t'inquiète pas, juste pour une journée. Nous serons de retour demain après-midi. Ton fils sera avec moi!

Cela ne rassura pas vraiment Sanala, qui préférait voir son fils en sécurité, près d'elle, sur la plantation. «Il ne connaît pas la ville... Et les Blancs sont tellement fous... Pourvu que tout se passe bien», se dit-elle en pliant rapidement quelques vêtements dans un petit sac en toile.

Pierre salua son père et retrouva Lygaya à la cuisine située à l'extérieur de la maison. Anna était en train de préparer un sac de victuailles pour le voyage. Du poulet, du pain et des fruits pour Pierre. Une galette de riz et une banane pour Lygaya.

— J'ai mis un peu plus de poulet pour le jeune maître, chuchota-t-elle dans le creux de l'oreille de Lygaya.

Anna savait que Pierre ne manquerait pas de partager son repas avec son ami.

— Surveille-toi et sois respectueux avec la tante de Pierre. Elle n'aime pas trop les négrillons arrogants! ajouta-t-elle plus fort, en plaisantant.

Alors qu'ils se dirigeaient vers la sortie, Lygaya se sentit observé. Il se retourna et aperçut Sanala en haut de l'escalier. Malheureuse de voir s'éloigner son fils unique, elle lui fit un petit signe auquel il répondit rapidement avant de rejoindre son jeune maître.

Lorsqu'ils furent à l'extérieur, Pierre ne put contenir sa joie.

— Nous partons à Saint-Pierre, tous les deux ! Allez, hop, en selle !

Ils coururent jusqu'à l'écurie où Lygaya sella deux chevaux. Après avoir enfourché leur monture, les deux enfants se dirigèrent au pas jusqu'au chemin sablonneux qui menait vers le port de Saint-Pierre.

En quittant la plantation, Lygaya se souvint de ce jour où, par le même chemin, il avait découvert la grande maison en compagnie de sa mère et d'Anama. Le voyage infernal à bord du navire négrier lui revint en mémoire. Sa gorge se serra et il fut saisi d'une légère angoisse.

— Comment est la ville de Saint-Pierre, aujourd'hui ? demanda-t-il à son ami.

— Elle n'a pas beaucoup changé depuis ton arrivée. Des maisons ont été construites et le fort s'est un peu agrandi.

Bien que très inquiet, Lygaya avait hâte de revoir cette ville fourmillante qui l'avait tant impressionné.

— Le port de Saint-Pierre est vraiment le plus important de l'île. C'est là que nous vendons notre sucre, qui est ensuite embarqué pour l'Europe. Tous les bateaux arrivent d'Europe dans l'immense baie. Bien sûr, il y a aussi Fort-Royal, mais la ville et le port sont beaucoup moins animés. Tout se passe à Saint-Pierre : les spectacles, le commerce, dit Pierre.

— On dit que la ville est construite au pied du volcan. Les habitants n'ont pas peur ?

— Oui, il paraît que la terre bouge, parfois, mais les habitants n'y font plus attention ! Et il n'y a jamais eu de problèmes. Un peu au nord de Saint-Pierre, il y a le tombeau des Caraïbes. On raconte une drôle d'histoire à propos de cet endroit. La connais-tu ?

— Non, répondit Lygaya. Je ne connais ni cette île ni son histoire, je ne connais que la plantation...

Pierre s'interrompit un instant. Il venait de se rendre compte que Lygaya ne savait rien de l'endroit où il vivait, ce qui était normal, puisqu'il avait été arraché à sa terre natale, l'Afrique. Il entreprit de lui raconter brièvement l'histoire de la Martinique.

— Le navigateur espagnol Christophe Colomb a découvert l'île en 1502. Elle s'appelait «Madinina», ce qui veut dire «L'Île aux fleurs». C'était le nom que lui avaient donné les Indiens Arawaks qui l'habitaient il y a très longtemps. Les Arawaks étaient très pacifiques. Mais lorsque Christophe Colomb accosta sur l'île, il n'y avait plus d'Arawaks. L'île était habitée par les Indiens Caraïbes qui avaient décimé les Arawaks. Ils étaient anthropophages et connus pour leur cruauté. Puis l'île a été colonisée et l'on raconte que les Indiens Caraïbes n'ont pas voulu se rendre pour ne pas devenir esclaves. Ils se sont tous regroupés sur une grande falaise et se sont jetés dans le vide. Depuis, on appelle cet endroit «le tombeau des Caraïbes». Leur chef, avant de mourir, a crié: «C'est la montagne qui me vengera[1]!»... Personne ne sait ce qu'il a voulu dire! Ils ont préféré la mort à l'esclavage. Par la suite, les Hollandais, les Français et les Anglais se sont battus

---

1. En 1902, le volcan de l'île, la montagne Pelée, se réveilla. La ville de Saint-Pierre fut complètement détruite par l'éruption du volcan. Il n'y eut qu'un seul survivant! Certains Martiniquais ont associé cette catastrophe à la malédiction lancée par le chef des Indiens Caraïbes.

pour posséder notre île. Aujourd'hui, elle appartient au roi de France...

Lygaya écoutait, étonné d'entendre que deux siècles avant son arrivée, une tribu entière avait choisi la mort pour se soustraire à l'humiliation de l'esclavage. Cette histoire le troubla.

Le jeune esclave regarda autour de lui. D'immenses champs de canne à sucre se déployaient à perte de vue. Des esclaves y travaillaient actuellement à la récolte. Pour eux, cette saison était la plus dure, et leurs mains, très abîmées par le tranchant acéré des feuilles de canne, témoignaient de la rudesse du travail qu'ils accomplissaient. Lygaya observait ces hommes et ces femmes courbés, qui formaient de petites taches grises dans l'immense plaine. Ils effectuaient leur travail, comme des automates, sous la surveillance d'hommes à cheval, les commandeurs, qui n'hésitaient pas à fouetter violemment les esclaves qui ne leur donnaient pas satisfaction. Un sentiment de tristesse envahit Lygaya. Il pensa à son père, le dos courbé au milieu de l'un de ces champs.

Depuis que Pinto était arrivé à la plantation, Sanala avait repris goût à la vie. Elle ne chantait plus, parce que trop fatiguée par ses journées bien remplies, mais elle avait retrouvé son sourire et, parfois, un éclat de rire s'échappait de la case familiale.

Pinto savait qu'il avait eu beaucoup de chance d'avoir pu retrouver sa famille, car de nombreux esclaves avaient été séparés de la leur. Appartenir à la plantation d'Hauteville était également un avantage pour les esclaves. Charles, le père de Pierre, n'était pas vraiment aimé des autres planteurs qui le jugeaient beaucoup trop bon avec ses esclaves. En réalité, depuis l'histoire de la contrebande de sucre, Charles, en homme juste, avait interdit les mauvais traitements dans sa plantation.

— Arrêtons-nous un instant… Je pense qu'il est temps de déjeuner, dit Pierre en mettant pied à terre.

Ils attachèrent leurs montures au tronc d'un arbre et s'installèrent sur l'herbe grasse d'une petite clairière. Pierre ouvrit le sac de toile où Anna avait rangé les victuailles et en sortit le poulet, le pain et les fruits qu'il partagea avec son ami. Le chant d'un ruisseau qui coulait au fond d'une ravine attira leur attention.

— Nous ne pouvions pas choisir meilleur endroit. Les chevaux pourront se désaltérer, dit Pierre, en se dirigeant vers le ruisseau.

Leur repas terminé, les enfants reprirent la route de Saint-Pierre. La chaleur les obligea plusieurs fois à descendre de monture pour s'abriter à l'ombre d'arbres immenses qui bordaient le chemin. Lygaya se sentait enveloppé par la végétation qui l'entourait. Des fougères arborescentes, des fleurs aux lourds parfums, des arbres centenaires aux troncs immenses, la nature l'envoûtait complètement. Il s'imaginait libre comme l'avaient été ses ancêtres dans sa forêt natale, chassant le gibier…

Ils n'étaient qu'à deux heures de la ville de Saint-Pierre lorsqu'ils croisèrent un groupe d'esclaves. Une dizaine d'hommes et de femmes nus avançaient, entourés de quatre hommes à cheval qui faisaient claquer leur fouet. Leur - maigreur, leurs regards hébétés et leur nudité rappelèrent de mauvais souvenirs à Lygaya qui détourna le regard. Pierre s'aperçut du trouble de son ami.

— Ce sont de nouveaux esclaves pour les plantations. Ils viennent sûrement d'arriver, dit-il. Je reconnais les hommes de Plunka, un planteur de l'extrême sud de l'île. Un homme pas commode. Mon père dit que ses esclaves meurent comme des mouches.

Un attelage, mené par un vieux Noir, suivait au loin le petit groupe d'esclaves. Lorsque la voiture arriva à la hauteur de Pierre et de Lygaya, le propriétaire demanda au conducteur de ralentir. Les deux enfants retinrent leurs chevaux. C'est alors que l'homme s'adressa à Pierre.

— Eh bien, jeune homme, que faites-vous sur les routes ?

— Nous nous rendons à Saint-Pierre, chez ma tante Marie, monsieur.

Pendant cet échange, le regard pesant de l'homme croisa celui de Lygaya qui sentit un frisson d'effroi lui parcourir le dos. Il connaissait cet œil perçant pour l'avoir déjà remarqué le jour de son arrivée à la Martinique. Il ne pourrait jamais l'oublier. Voyant que les yeux scrutateurs de l'homme insistaient, Lygaya baissa la tête.

— Vous ne devriez pas habituer vos négrillons à monter à cheval, dit l'homme. Ce petit Noir pourrait fort bien vous accompagner à pied, ou à dos d'âne.

Sur ces paroles, il donna l'ordre de repartir. Pierre le salua et les enfants reprirent leur chemin.

— Qui est cet homme ? demanda Lygaya.

— Le planteur dont je te parlais. Un tueur d'esclaves. C'est Plunka.

— Je l'ai déjà vu, répondit Lygaya.

Stupéfait, Pierre interrogea son ami. Lygaya s'expliqua :

— Lorsque nous sommes arrivés, il voulait acheter Sanala, avant que ton père ne s'intéresse à nous. C'était lors de la vente aux esclaves, sur le pont du navire. C'est un marin qui nous a sauvés, en lui disant que ma mère ne vivrait pas six mois.

— Tu as tout à fait raison, ce marin vous a vraiment sauvé la vie ! Être esclave chez Plunka, c'est pire que l'enfer, c'est mourir à coup sûr.

Ils arrivèrent enfin aux portes de Saint-Pierre. L'odeur particulière de la ville rappela à Lygaya son arrivée sur l'île. Lorsqu'ils atteignirent les premières maisons, les deux enfants descendirent de cheval et marchèrent l'un à côté de l'autre, en tenant chacun les rênes de leur monture. Les sabots des chevaux claquaient contre les pavés des rues étroites le long desquelles s'alignaient de magnifiques maisons de pierres aux balcons en fer forgé. Un petit ruisseau coulait au milieu de la rue. À mesure qu'ils avançaient, le brouhaha du centre de la ville leur parvenait de plus en plus fort. Cette animation provenait de la place située près du port et de la jetée principale, sur laquelle se tenait le marché aux esclaves. À quelques mètres, se déroulait le marché aux fruits et aux épices, où une foule multicolore était rassemblée autour d'innombrables paniers de fruits et de légumes colorés.

Pierre avisa un homme qui se rendait d'un pas décidé vers le marché et lui demanda de lui indiquer le chemin à prendre pour se rendre chez sa tante.

— Vous longerez la côte et vous tomberez sur une très grande maison, entourée de hauts murs. Vous ne pourrez pas vous tromper ; près de la porte, il y a un superbe magnolia.

Beaucoup moins surpris qu'à son arrivée dans l'île, Lygaya était grisé par tout ce qui l'entourait. Cette multitude de gens, ces odeurs d'épices, les couleurs de tous ces fruits et légumes, les parfums des fleurs et l'air de la mer, tout cela l'enivrait et lui donnait le tournis. Toujours fasciné par la mer, il ne pouvait détacher son regard du mouvement perpétuel des vagues. « Tout au bout, là-bas, sur la ligne qui sépare le ciel de la mer, il y a mon village », pensa-t-il.

Après avoir parcouru quelques mètres, ils parvinrent bientôt devant la lourde porte de la propriété de la tante Marie. Lorsqu'ils entrèrent, c'est Juliette, la cousine de Pierre, qui la première les aperçut. Elle courut les accueillir sous l'œil réprobateur de sa mère.

— Pierre ! cria-t-elle.

— Voyons, Juliette, ne cours pas comme cela ! Juliette !

En voyant la mince silhouette élégante, les longs cheveux bruns défaits et le teint doré de sa cousine, Pierre ne put retenir son admiration.

—Juliette est de plus en plus belle! murmura-t-il.

Le regard de Lygaya se détourna de Pierre et se dirigea vers la jeune fille qui courait à leur rencontre. Sa condition d'esclave lui interdisait de porter un quelconque jugement. Néanmoins, sans dire un mot, il ne put s'empêcher de penser: «C'est vrai qu'elle est très jolie...»

Très heureuse de retrouver son cousin, Juliette ne pouvait contenir sa joie.

—Pierre, comment se fait-il que vous soyez ici? Ton père n'est pas avec toi? demanda-t-elle.

Puis, se tournant vers Lygaya:

—Je suis très contente de te voir. C'est la première fois que tu viens à Saint-Pierre?

—Non. J'ai débarqué ici il y a huit mois, répondit Lygaya.

—Oui, c'est vrai... Pardonne-moi, dit Juliette, embarrassée.

La tante Marie arriva quelques instants plus tard. Très élégante dans sa robe de soie verte, elle marchait lentement en se tenant bien droite. Ses cheveux noirs étaient retenus en un lourd chignon sur lequel des boucles anglaises semblaient avoir été posées. Toujours très soucieuse de son teint de pêche, elle tenait à la main une ombrelle qui la protégeait du soleil. Son regard noir se posa sur Pierre.

— Mais comment Charles a-t-il pu te laisser partir seul avec ce négrillon? Voyez dans quel état ils sont... Aussi sales l'un que l'autre! Va te laver, mon garçon, dit-elle à Pierre. Ton négrillon va s'occuper des chevaux. Alors, m'apportes-tu de bonnes nouvelles de la plantation?

— Je suis chargé de remettre un courrier à monsieur Deshotel. J'ai aussi une lettre pour vous, ma tante, la voici.

— Très bien. Va te rafraîchir. Juliette va te conduire à ta chambre. Ton négrillon dormira à l'écurie.

Pierre confia les rênes de son cheval à son ami. Lygaya comprit qu'il devait, maintenant, retrouver sa véritable condition, celle d'esclave, et obéir aux ordres.

2

UNE MAUVAISE NOUVELLE

Après avoir pris possession de sa chambre et s'être rafraîchi, Pierre retrouva sa tante sous la véranda. Celle-ci tenait à la main la lettre que Charles d'Hauteville lui avait adressée.

— J'ai pris connaissance du courrier de ton père. Je suis très heureuse qu'il m'ait confié la tâche de m'occuper de ton avenir. Nous en avions parlé ensemble, l'été dernier, et Charles est tout à fait d'accord avec moi. Tu dois partir pour l'Europe afin d'y étudier. Je vais écrire à mon frère, ton oncle Michel, qui vit à Paris. Nous te trouverons une excellente institution.

Pierre n'en croyait pas ses oreilles. «C'est impossible. Père ne peut pas me laisser partir. Je ne veux pas quitter la plantation. Je ne veux pas vivre à Paris avec un oncle que je n'ai jamais vu. Il n'a pu prendre cette décision sans m'en parler...» Abasourdi par la nouvelle, il décida d'écourter la conversation.

— Pardonnez-moi, ma tante, je suis obligé de vous quitter, car je dois me rendre au port pour rencontrer monsieur Deshotel, le négociant, dit-il rapidement en détournant le regard afin que sa tante ne puisse percevoir son trouble.

Juliette se leva à son tour.

— Je t'accompagne, Pierre, jusqu'à l'entrée du parc, dit-elle.

Ensemble, ils firent quelques pas. Juliette, qui avait remarqué l'émotion de son cousin, tenta de trouver quelques mots de réconfort:

— Pierre, je sais ce que tu ressens, mais tous les garçons partent en Europe étudier!

— Moi, ce n'est pas pareil! Mon père a promis à maman de ne jamais se séparer de moi! Il le lui a promis sur son lit de mort. Il ne respecte pas son serment. Et puis, ma vie est ici! Je ne partirai pas!

Laissant Juliette plantée devant la maison, il se dirigea d'un pas décidé vers le centre de la ville. En traversant la cité animée, il imagina combien cette île lui manquerait. Lorsqu'il se retrouva devant la très jolie propriété de monsieur Deshotel, il rajusta sa veste et essuya ses bottes du revers de sa manche pour en ôter la poussière. Puis il empoigna le lourd marteau accroché à la porte et frappa deux coups.

C'est un vieil esclave qui vint lui ouvrir et qui l'introduisit dans le bureau du négociant. Très intimidé, Pierre lui demanda gentiment de l'annoncer auprès de son maître, puis s'installa confortablement dans l'un des deux fauteuils de la pièce. Il tenait à la main les documents que son père lui avait remis et attendait patiemment l'arrivée du propriétaire des lieux. Une odeur de vieux papiers mêlée à celle de la cire rôdait dans ce bureau où une imposante bibliothèque couvrait un pan de mur entier. Plongé dans ses pensées, Pierre sursauta et se leva précipitamment lorsque la porte s'ouvrit sur un homme corpulent, dont le visage ressemblait à une vieille pomme ridée. Vêtu d'une veste verte qui semblait trop étroite pour lui, il portait une perruque poudrée, comme cela se faisait parfois à cette époque. Son obésité l'obligeait à se déplacer à l'aide d'une canne au pommeau d'argent. En soufflant bruyamment, il s'assit derrière son bureau et invita Pierre à se rasseoir en face de lui.

— Bonjour, jeune homme!

— Bonjour, monsieur. Mon père, qui est légèrement souffrant, m'a chargé de vous remettre ces documents, dit Pierre, en tendant les précieux papiers.

— Je te remercie. Je te confie la tâche de présenter mes souhaits de prompt rétablissement à ton père. Ces papiers vont me permettre de faire transférer les sommes dues pour votre dernière récolte. Quand repars-tu pour la plantation?

— Demain, monsieur. Je passe la nuit chez ma tante, Marie Quetcro.

— Très bien! Mais, dis-moi, lors de sa dernière visite, ton père m'a vaguement parlé de t'envoyer étudier en Europe. C'est une bonne idée! Qu'en penses-tu?

Surpris, Pierre balbutia.

— Euh… Oui, bien sûr. C'est une bonne idée.

— Eh bien, mon garçon, je te souhaite bonne chance pour tes études, dit le négociant en se levant, montrant par ce geste que l'entretien était terminé.

Après avoir salué son hôte, Pierre se retira. Il s'engagea sur le chemin le long de la côte. Le soleil baissait. Ses yeux ne pouvaient se détacher de l'horizon. Le ciel s'embrasait, de légers nuages s'irisaient de violet et le soleil avançait lentement à la rencontre de la mer. Au loin, des navires au mouillage se balançaient doucement au gré des vagues. Pierre songeait à quel point il aimait son île : « Nulle part ailleurs je ne retrouverai un tel spectacle. Il faut que j'arrive à convaincre mon père que je lui serai plus utile à la plantation. D'ailleurs, que ferais-je à Paris où je ne connais personne ? »

Il venait de franchir le portail de la maison de sa tante et avançait d'un pas lourd sur le sentier à travers le parc, lorsqu'il aperçut, sur sa droite, une silhouette familière. C'était Lygaya qui, assis sur une énorme pierre, immobile, contemplait le ciel. L'enfant blond marcha vers lui.

— Voilà, ma mission est accomplie. Je viens de voir monsieur Deshotel, l'homme chargé d'acheter et de vendre le sucre. Et toi? Qu'as-tu fait?

— J'ai pansé les chevaux, je les ai étrillés et nourris. Après une nuit de repos, ils seront prêts pour reprendre la route.

— As-tu mangé? Es-tu bien installé?

— Oui… L'esclave chargé de l'entretien du jardin m'a procuré à manger. Un festin! Des œufs frais et du manioc. À l'écurie, la paille est fraîche et je crois que je vais passer une très bonne nuit!

Lygaya voyait bien que Pierre ne l'écoutait pas.

— As-tu des ennuis? demanda-t-il.

Pierre respira profondément et répondit:

— Mon père a décidé de m'envoyer en France, à Paris, pour étudier.

— Tu vas partir? demanda Lygaya angoissé.

— Je crois… si je n'arrive pas à le convaincre de me garder près de lui à la plantation.

Lygaya baissa la tête. Pierre était son seul ami, son confident, son protecteur. Que deviendrait-il, s'il partait? Il entreprit toutefois, sans grande conviction, de le rassurer.

— Peut-être le maître va-t-il revenir sur sa décision, tu es son seul enfant !

Pierre, qui aurait bien aimé pouvoir le croire, souhaita bonne nuit au jeune esclave et continua son chemin d'un pas lourd vers la maison.

Construite en pierres, la jolie demeure comportait un étage. Comme presque toutes les maisons bourgeoises de l'île, une large véranda courait tout autour. À l'une des fenêtres du premier étage, on avait rajouté un magnifique balcon en fer forgé. Pierre aperçut sa tante et sa cousine Juliette installées sous la varangue. Le ton de la tante Marie ne fut pas des plus accueillants.

— Pierre, rentre vite. La cuisinière a gardé ton repas au chaud.

— Veuillez m'excuser, ma tante, pour ce léger retard, mais...

— Mais on ne peut être partout, n'est-ce pas ? Avec un négrillon et avec sa famille ! coupa la tante Marie d'un ton sec. Tu accordes beaucoup trop d'importance à cet esclave. Il ne doit pas être considéré différemment des autres ! Enfin, heureusement, Paris t'apprendra les bonnes manières...

Silencieusement, Pierre se dirigea vers la salle à manger où un couvert avait été dressé pour lui. Il n'avait pas très faim et n'accepta qu'une salade de fruits que la jeune esclave Mathilda lui servit. Après ce dîner, prétextant la fatigue du voyage, il monta dans sa chambre.

Il eut beáucoup de mal à trouver le sommeil, et lorsque Mathilda le réveilla le lendemain matin, il n'avait pas trop envie de sortir de son lit.

— La maîtresse veut que tu la rejoignes sous la véranda pour le petit déjeuner, lui dit-elle en ouvrant les volets.

Pierre savait ce que cela voulait dire... « Je crois que je n'échapperai pas, cette fois-ci, au sermon de tante Marie », se dit-il en enfilant ses vêtements.

Sous la véranda, la table était mise. Des fruits frais et des gâteaux voisinaient avec des bols de riz sucré et des pichets de lait. La tante Marie, vêtue d'une robe de dentelle bleu pâle, lisait. Absorbée par sa lecture, elle fut surprise de découvrir Pierre lorsqu'elle releva la tête.

— Ha! Tu m'as fait peur. As-tu bien dormi?

— Très bien, ma tante, je vous remercie.

— Assieds-toi... Avant que Juliette ne nous rejoigne, nous devons décider ensemble de la date de ton départ. Il serait préférable que tu embarques au mois de mai ou au mois de juin prochain, c'est-à-dire dans neuf mois. Après un mois de traversée, tu pourrais être à Paris pour l'été. Cela te laisserait quelque temps pour te familiariser avec la capitale française, rencontrer tes professeurs et faire connaissance avec mon frère, ton oncle Michel. Ma pauvre sœur aurait très certainement approuvé cette décision. Elle t'aimait tant !

Impuissant devant la détermination de sa tante, Pierre fixa son attention sur un petit oiseau qui picorait quelques miettes. C'est le moment que choisit Juliette pour les retrouver.

— Bonjour, cousin !

Pierre profita de l'arrivée de sa cousine pour mettre un terme à cet entretien. Il se leva rapidement et pria sa tante de l'excuser :

— Nous allons devoir rentrer à la plantation, dit-il, je vais faire seller les chevaux afin que nous ne tardions pas...

Juliette, qui avait eu le temps de remarquer les traits tirés de son cousin, ne put s'empêcher de questionner sa mère :

— L'oncle Charles a-t-il vraiment décidé d'envoyer Pierre en Europe ?

— Oui, pour son bien, Juliette. Nous pensons qu'il est préférable que Pierre parte étudier à Paris pendant deux ans.

— Il n'a pas très envie de partir...

— Voyons, deux années, ce n'est quand même pas la fin du monde !

La jeune fille n'insista pas.

Pendant ce temps, Pierre retrouvait Lygaya dans l'écurie.

— Nous partons dans une heure. Il faut seller les chevaux, dit-il. As-tu bien dormi ?

— Oui, très bien. Les chevaux sont déjà prêts.

— Alors, ne tardons pas. Je retourne faire mes adieux à ma famille et nous rentrons. Je te retrouve dans quelques minutes.

Le visage fermé de Pierre attrista Lygaya et, sans un mot, le jeune esclave prit les rênes des deux chevaux pour les attirer à l'extérieur. Devant la maison, Pierre embrassa sa tante et sa cousine. Juliette raccompagna Pierre jusqu'au portail où attendait Lygaya. Tendrement, Juliette prit la main de Pierre dans la sienne.

— Ne t'inquiète pas, Pierre. Je suis sûre que ton père reviendra sur sa décision.

Puis, se tournant vers Lygaya.

— J'ai été très heureuse de ta visite. Nous nous reverrons très certainement l'été prochain à la plantation.

Puis, lentement, sans se retourner, les deux garçons prirent le chemin du retour.

Durant tout le temps que dura leur voyage, Pierre ne desserra pas les dents. Comprenant et respectant le mutisme de son jeune maître, Lygaya le suivait à quelques pas, n'osant rompre ce silence pesant.

Lorsque, six heures plus tard, ils abordèrent enfin le chemin sablonneux de la plantation d'Hauteville, Pierre se décida à parler :

— Je regrette de n'avoir pas été un compagnon de voyage agréable, dit-il, mais ce départ en Europe ne me plaît guère...

— Hélas, répondit Lygaya, je ne peux rien faire pour t'aider.

Tristement, Pierre hocha la tête et regarda au loin la grande maison de son enfance. Sous la véranda, le vieux Simbo, le valet de son père, était assis sur un banc, entouré de plusieurs paires de bottes qu'il graissait.

À la vue des deux enfants, Simbo laissa son ouvrage et courut avertir Sanala du retour de son fils. Lygaya avait beaucoup d'affection pour le vieil homme, dont l'allure lui rappelait un peu celle de son grand-père, resté en Afrique. Simbo, qui avait été séparé de sa famille, s'était pris d'amitié pour Lygaya et ses parents et les avait beaucoup aidés de ses précieux conseils. C'était grâce à lui que la petite Anama avait pu faire son apprentissage comme aide-cuisinière, évitant ainsi le dur travail des champs et de la sucrerie.

Sans un mot, les deux enfants se séparèrent devant la maison. Lygaya se dirigea vers l'écurie où son travail l'attendait alors que Pierre s'engouffra dans la maison familiale. Il croisa Sanala, elle semblait très émue et se mit à parler très vite :

— Le maître est parti à la sucrerie. Le commandeur est venu le chercher parce qu'un esclave s'est blessé au moulin à cannes. Le commandeur a dû lui amputer la main droite. As-tu vu Pinto ?

Sanala était inquiète : très tôt ce matin-là, le commandeur était venu chercher Pinto pour l'emmener travailler toute la journée à la sucrerie. Comprenant son angoisse, Pierre la rassura.

— Je vais immédiatement rejoindre mon père. Je reviens.

Lorsqu'il entra dans la sucrerie, il découvrit Charles agenouillé près d'un esclave évanoui, le bras ensanglanté. Charles lui avait fait un garrot à l'aide de sa ceinture et le commandeur tentait de le ranimer en l'aspergeant d'eau froide. Autour d'eux, le travail continuait, comme si rien ne s'était passé. Tous les autres esclaves s'affairaient à leur tâche habituelle. Charles aperçut son fils.

— Le pauvre homme va sûrement mourir, dit-il. Il n'y a, hélas, rien à faire.

Nous avons été obligés de lui couper la main. Le malheureux aurait pu mourir broyé dans le moulin à cannes. Il a perdu beaucoup de sang. Ne reste pas là. Nous nous retrouverons plus tard !

Pierre jeta un rapide coup d'œil autour de lui et aperçut Pinto qui s'activait près du feu. Rassuré, il retourna prestement à la grande maison rejoindre Sanala qui l'attendait avec impatience. Soulagée de savoir Pinto en bonne santé, la nounou retourna à ses occupations.

3

L'OURAGAN

Après leur voyage à Saint-Pierre, les deux enfants retrouvèrent leurs habitudes, leurs jeux, leurs promenades matinales à cheval. Au cours d'un dîner, Pierre avait bien tenté de dissuader son père de l'envoyer en Europe, mais Charles, inflexible, lui avait confirmé que sa décision était irrévocable. La date de son départ avait d'ailleurs été fixée au mois de mai de l'année suivante.

Depuis cette conversation, Pierre avait changé. Il était devenu taciturne et passait la plupart de ses journées dans sa cabane, entouré de ses souvenirs d'enfance et d'un ensemble d'objets qui avaient appartenu à sa mère.

Parfois, Lygaya venait le retrouver à la tombée du jour et, pour le distraire, lui racontait les légendes de son pays qu'il tenait de son grand-père. Elles parlaient de chasse et d'aventures dans la forêt africaine, au milieu d'animaux sauvages. Elles parlaient aussi de liberté… Puis les deux enfants parcouraient les champs de cannes d'où ils ne revenaient qu'à l'aube naissante.

C'est durant l'une de ces nuits d'escapade que Lygaya faillit définitivement perdre son jeune maître. Il l'avait rejoint, après le coucher du soleil, dans la cabane où ils s'étaient donné rendez-vous. Dehors, la pluie tombait à verse et le vent soufflait très fort. Lygaya s'en inquiéta.

— Ce n'est pas normal qu'il y ait autant de vent.

Pierre aussi était inquiet. La cabane craquait de tous les côtés et la pluie s'engouffrait à l'intérieur par la fenêtre et la petite porte. Dehors, un grondement sourd se faisait entendre, s'amplifiant de plus en plus.

— Partons, je pense que c'est une forte tempête. Sortons de là tout de suite, dit Pierre angoissé.

Ils descendirent rapidement le long de l'échelle qui était attachée au tronc d'arbre. À peine venaient-ils de toucher le sol qu'une bourrasque emporta la cabane. Ils se retrouvèrent sous une pluie battante, enveloppés par un vent violent, aveuglés par l'averse. Ils avançaient avec difficulté. De fortes rafales les plaquaient parfois au sol, rendant leur progression difficile. Couverts de boue, ils rampèrent jusqu'au petit muret qui encerclait le quartier des esclaves. Ils s'abritèrent derrière le mur, et se blottirent l'un contre l'autre. Le vent emportait tout sur son passage, allant jusqu'à déraciner les arbres. Tapis contre le mur, reprenant leur souffle, ils restèrent ainsi quelques minutes.

— Il faut que j'arrive à ramper jusqu'à la maison, cria Pierre. Mon père va s'inquiéter !

Joignant le geste à la parole, et sans que Lygaya ait le temps de le retenir, il se releva prestement et d'un bond disparut derrière le muret. Il fut immédiatement renversé par une rafale de vent et se retrouva plaqué contre terre, le visage enfoui dans l'herbe humide. Lentement, il entreprit d'atteindre la maison familiale en rampant. Il faisait d'énormes efforts pour lutter contre la violence du vent, griffant le sol de ses mains. C'est à mi-chemin qu'une planche l'atteignit en plein front. Il perdit connaissance.

Lygaya n'avait pas bougé. Recroquevillé sur lui-même, transi de froid et de peur, trempé jusqu'aux os, il attendait. Brusquement, la pluie cessa et tout redevint silencieux. Le jeune esclave releva alors la tête et s'aperçut qu'une grande partie du quartier des esclaves avait disparu. Aucun signe de vie. « Mes frères sont sûrement en sécurité dans la sucrerie. C'est le seul bâtiment construit en pierre », se dit-il.

Il décida de quitter son abri et de courir vers la grande bâtisse. Il était presque arrivé, lorsqu'il vit une forme étendue par terre. Il s'en approcha et découvrit Pierre, inconscient, le front couvert de sang. Après avoir tenté en vain de le ranimer, il courut à toute vitesse vers la sucrerie où tous les habitants de la plantation étaient rassemblés. Lorsque Charles aperçut Lygaya, seul, il se précipita immédiatement à sa rencontre.

— Vite, cria Lygaya. Pierre est évanoui là-bas! Il faut le ramener.

— Rentre, ordonna Charles. Je m'en occupe.

Il se dirigea en courant vers l'endroit que Lygaya lui indiquait du doigt.

D'un geste sûr, il empoigna le corps de Pierre, le mit sur son épaule, puis revint rapidement vers la sucrerie. Délicatement, il déposa l'enfant sur le sol de terre battue et donna des ordres.

— Que l'on m'apporte du rhum et un linge humide, cria-t-il.

Deux minutes plus tard, Charles glissait quelques gouttes d'alcool entre les lèvres entrouvertes de Pierre, alors que Sanala lui passait un linge imbibé de rhum sur le front pour désinfecter la plaie.

— Pierre, tu m'entends? Pierre?

Inquiet, Charles attendait une réponse.

Soudain, l'enfant blond entrouvrit les yeux. Son regard bleu croisa celui de Lygaya, anxieux, debout près de lui, puis se tourna vers le visage de son père.

— Tout va bien, père, dit-il doucement.

Ces quelques mots rassurèrent Charles qui reposa délicatement la tête de son fils sur le sol. À l'extérieur, tout était calme. La pluie et le vent avaient cessé, laissant place à un silence de mort.

— Nous passerons la nuit ici. Elle risque d'être longue, dit Charles.

Pinto et Sanala s'étaient rapprochés de Lygaya, installé auprès de Pierre qui, peu à peu, retrouvait ses esprits.

Autour d'eux, les esclaves allongés un peu partout sur le sol, épuisés par le travail de la journée, tentaient de trouver le sommeil. Ils étaient une centaine qui essayaient de s'organiser pour la nuit. Brusquement, un grondement se fit entendre. Charles sortit un instant puis revint rapidement.

— Le plus dur reste à passer. C'est l'ouragan! Nous étions dans la période d'accalmie. Maintenant, c'est le vent qui arrive. Plaquez-vous contre les murs, vite!

Il venait à peine de terminer sa phrase qu'un bruit effroyable entoura la bâtisse. Une partie du toit s'envola dans un fracas épouvantable et le vent entra avec force dans la sucrerie. Effrayés, les esclaves suivirent l'exemple de Charles et se collèrent debout contre les murs. Pierre, encore sous le choc, vacillait sur ses jambes. Soutenu à droite par le commandeur et à gauche par son père, il faisait de gros efforts pour rester debout. Durant une demi-heure qui parut une éternité aux réfugiés, le vent souffla violemment, dévastant tout sur son passage. Soudain, il s'arrêta de hurler, plongeant la plantation dans un silence impressionnant. À l'aube, lorsque le calme revint, tous sortirent de la sucrerie, ahuris du spectacle désolant qui s'offrait à eux. L'ouragan avait laissé derrière lui un effroyable désastre.

Le quartier des esclaves avait été complètement dévasté, une partie de la grande maison était entièrement détruite, le toit de la sucrerie s'était envolé comme un fétu de paille et les animaux, affolés, s'étaient dispersés dans la campagne. Quant aux champs de cannes, ils étaient complètement inondés.

Pendant plusieurs mois, on ne parla que de cette nuit inoubliable où l'ouragan avait ravagé l'île. Durant des jours et des nuits, les esclaves travaillèrent à la reconstruction de la grande maison et le quartier des esclaves reprit petit à petit sa forme initiale. Tranquillement, la plantation retrouva son aspect d'autrefois. Pierre fut tout de même obligé de garder le lit pendant quelques semaines. Il conserva de cette aventure une petite cicatrice en forme d'étoile sur le front. Il ne pouvait alors se douter que cette marque lui sauverait un jour la vie...

4

LE DÉPART

Les mois avaient passé depuis la nuit épouvantable de l'ouragan. Le départ de Pierre était maintenant imminent et Lygaya était de plus en plus triste. Lorsqu'ils étaient ensemble, les deux enfants évitaient d'aborder ce sujet douloureux. La dernière nuit d'avril, l'esclave retrouva son jeune maître à la cabane qui avait été reconstruite. C'est le moment que choisit Pierre pour annoncer son départ à Lygaya.

— J'embarque dans quinze jours, dit-il simplement, évitant de montrer son trouble à son ami.

Les yeux de Lygaya s'embuèrent.

— Tu nous manqueras beaucoup, répondit-il.

Les deux enfants passèrent toute la nuit à marcher dans les champs de cannes, en silence.

Pour souligner le départ de Pierre, Charles décida d'organiser une grande fête à la plantation. Tous les planteurs de l'île y furent conviés. Deux jours avant le départ, dès onze heures du matin, les invités commencèrent à arriver.

De très grandes tables, décorées de superbes fleurs, avaient été dressées dans le parc. Il y avait des fruits, des légumes, des plats savamment préparés par Anna la cuisinière, à côté des meilleurs vins. Presque tous les planteurs, accompagnés de leurs enfants, étaient présents. Les femmes arboraient leurs plus belles robes et les hommes s'étaient coiffés de leur perruque poudrée. Juliette et la tante Marie faisaient également partie de la fête. Pour l'occasion, la cousine de Pierre avait revêtu une robe de soie blanche qui faisait ressortir son merveilleux teint mat.

Lygaya, à qui Charles avait confié la tâche de servir les enfants, n'en croyait pas ses yeux. Le vieil esclave Simbo s'activait autour des invités, alors que Sanala aidait Anna à la cuisine. De temps à autre, Pierre se rapprochait de son ami et lui glissait une plaisanterie à l'oreille.

À la nuit tombée, les esclaves disposèrent des flambeaux tout autour du jardin. «Si je n'étais pas esclave, se dit Lygaya, je pourrais croire que je rêve.»

La lumière des torches illuminait le parc et les murs de la maison. Deux violonistes exécutaient des morceaux de musique qui s'envolaient dans l'air doucement parfumé. Tout cela semblait irréel aux esclaves. Certains, cachés derrière les buissons, épiaient avec envie les invités qui dansaient, riaient, buvaient et mangeaient.

Ce soir-là, Charles prit une importante décision. Il avait remarqué comme Pierre était triste de quitter la Martinique. Et c'est en voyant son fils et Lygaya rire ensemble que l'idée lui vint d'envoyer le jeune esclave en Europe avec son fils. Ne voulant pas troubler la fête, il décida de se taire.

À la fin de la soirée, lorsque tout le monde fut parti, Pierre et Juliette rejoignirent Lygaya dans la cabane où ils décidèrent de passer le reste de la nuit.

Puis, à l'aube, ils partirent à cheval pour une dernière grande balade le long de la plage. Ils s'arrêtèrent une demi-heure pour permettre aux chevaux de se reposer.

Pierre s'assit sur le sable blanc et se mit à pleurer. Émue, Juliette s'approcha de lui et lui passa le bras autour du cou.

— Pierre, ne sois pas triste. Tu vas découvrir un autre pays, tu te feras des amis. Et puis tu reviendras…

— Oui, je reviendrai. Mais ce ne sera plus comme avant.

Lygaya, qui était resté à l'écart, semblait fixer un point à l'horizon. Sur son visage, deux grosses larmes coulaient.

Puis, sans un mot, ils prirent ensemble le chemin du retour. Lorsqu'ils arrivèrent devant la grande maison, Sanala les attendait:

— Pierre, ton père est furieux. Tu as encore passé la nuit dehors. Le maître n'est pas content.

Puis s'adressant à Lygaya:

— Et toi, ton père non plus n'est pas content! Ce soir, pas question de traîner. Pierre doit se lever tôt, demain matin.

Lygaya comprit alors que Sanala avait, elle aussi, beaucoup de peine de voir partir Pierre.

Ce soir-là, après avoir dîné en compagnie de sa tante Marie, de son père et de sa cousine, Pierre décida de faire ses adieux à Lygaya. Laissant sa famille dans le salon, il se dirigea seul vers le quartier des esclaves. C'est Pinto, éberlué, qui lui ouvrit. Il le fit entrer dans la petite case.

— Je viens vous dire au revoir. Je pars très tôt demain matin.

Rapidement, Pierre jeta un regard autour de lui. Il connaissait la profonde misère des esclaves, mais c'était la première fois qu'il entrait dans l'une de leurs cases. Quatre paillasses étaient disposées le long des murs. De vieilles couvertures trouées étaient étalées sur chacune d'elles. Sur le sol de terre battue, au centre de l'unique pièce, des braises, au milieu desquelles cuisaient quelques bananes, réchauffaient l'atmosphère. Dans un coin, des calebasses étaient entassées. Pierre s'avança vers Lygaya, assis en tailleur près du feu et lui tendit la main. Ému, le jeune esclave la serra très fort. Après avoir fait ses adieux à Pinto, déposé un baiser sur la joue de la petite Anama, Pierre dit à Sanala :

— Nous nous verrons demain matin, pour mon départ.

Puis, préférant taire son chagrin et écourter ses adieux, il sortit sans se retourner.

Cette nuit-là, l'enfant blond ne put trouver le sommeil. Tout comme lui, Lygaya, allongé sur sa paillasse, n'arrivait pas à s'endormir.

Le lendemain matin, au chant du coq, le vieux Simbo gara la voiture attelée devant le perron. Charles s'approcha et lui dit quelques mots. Les yeux de Simbo s'agrandirent. Il n'en croyait pas ses oreilles. Il se précipita immédiatement vers le quartier des esclaves. En chemin, il aperçut Sanala qui marchait tranquillement. Comme chaque matin, elle se rendait à son travail. Comment allait-il lui annoncer la nouvelle? Lorsqu'elle arriva à sa hauteur, la femme comprit que Simbo était porteur d'une mauvaise nouvelle.

— Est-ce le départ du jeune maître qui te met dans cet état? demanda-t-elle sans trop y croire.

Embarrassé, Simbo qui n'osait pas regarder Sanala dans les yeux, baissait la tête.

— Non. Enfin oui… Sanala, je vais chercher ton fils. Le maître a décidé que Lygaya accompagnera le jeune maître en Europe. Il faut que tu sois courageuse. Ils partent aujourd'hui.

Sanala sentit son cœur battre très fort dans sa poitrine. Comment pouvait-on lui enlever son fils unique ? Ce cauchemar n'allait-il donc jamais se terminer ? Et Pinto qui était parti à l'aube dans les champs de cannes ! Elle savait combien sa peine serait grande lorsqu'il apprendrait, ce soir, que Lygaya était parti sans avoir pu l'embrasser.

Elle resta figée sur place, impuissante, incapable de faire un geste tant sa douleur était grande. Simbo la laissa et s'éloigna vers les cases. Il entra précipitamment dans celle de Lygaya. Ce dernier se préparait à rejoindre l'écurie. Lygaya fut surpris de l'irruption de son ami :

— Eh bien, Simbo, que t'arrive-t-il ?

— Tu pars avec Pierre, répondit simplement le vieil homme.

Abasourdi par ces quatre mots, Lygaya s'assit lentement sur le rebord de sa paillasse. Simbo le rappela à la triste réalité.

— Allez, il faut faire vite! Le maître nous attend. Allons-y!

Pendant ce temps, Charles s'entretenait avec son fils. Un peu en retrait, le visage couvert de larmes, Sanala écoutait.

— J'ai compris ta peine de nous quitter et j'ai pensé que tu te sentirais moins seul, plus près de nous, si Lygaya t'accompagnait. Voici une lettre pour expliquer sa présence à ton oncle. Lygaya s'occupera de ses chevaux.

Le visage de Pierre s'illumina. Il en bégayait de joie.

— Vous…. Vous… ac… acceptez que Lygaya m'accompagne?

La tante Marie, qui réprouvait la décision de Charles, intervint:

— Ton père commet là une très grosse erreur. Mais puisque telle est sa décision, nous ne pouvons que nous incliner. Espérons que ce négrillon ne sera pas une charge supplémentaire pour mon frère! Quelle curieuse idée avez-vous eue, Charles. À Paris… Vous rendez-vous compte?

Charles était coutumier des réflexions de la tante Marie. Il savait qu'au fond, elle était très bonne et, tout comme sa défunte femme, réprouvait les mauvais traitements infligés aux esclaves. Aussi, sans relever son intervention, il se contenta de donner l'ordre à deux esclaves de charger la malle de Pierre dans la voiture.

La peine de Pierre s'était transformée en excitation. Et lorsqu'il vit arriver le vieux Simbo accompagné de Lygaya, son visage s'éclaira d'un sourire. Toujours en retrait, Sanala pleurait. De gros sanglots secouaient ses fragiles épaules. Simbo s'approcha d'elle pour la rassurer:

— Le maître a dit qu'il reviendrait avec Pierre. Tu reverras ton fils. Ne pleure pas. Pense plutôt à tout ce qu'il peut découvrir ailleurs!

— Tu oublies, Simbo, ce que nous sommes. Les esclaves n'ont pas le droit de découvrir autre chose que la servitude…

Elle se retourna vers Pierre et l'accompagna devant la porte. Elle le serra très fort dans ses bras. Le jeune garçon était ému de quitter sa nounou.

— Ne pleure pas, ma bonne Sanala. Tu auras de nos nouvelles. Je m'occuperai de Lygaya, lui dit-il.

Elle s'approcha alors de son fils et l'étreignit tendrement. En l'embrassant, elle lui murmura quelques mots en bantou, la langue de sa tribu :

— Où que tu sois, n'oublie jamais que tu es dans mon cœur, près de moi.

Avec tristesse, le jeune esclave rejoignit Pierre dans la voiture attelée. Simbo, le regard humide, fit claquer son fouet et les chevaux se mirent en marche. Une dernière fois, Lygaya se retourna pour adresser un petit signe à Sanala qui pleurait au milieu du chemin.

Ils arrivèrent six heures plus tard au port de Saint-Pierre. Ils rejoignirent les voyageurs qui attendaient d'embarquer sur le *Saint-Charles*, un immense voilier dont on pouvait admirer au loin l'élégance. Sur le quai, Charles fit ses dernières recommandations à son fils :

— Écris-nous. Parle-nous de ta vie parisienne. Chaque mois, je te donnerai des nouvelles de la plantation. Tu verras, le temps passera vite.

Juliette se tenait un peu à l'écart. Quant à la tante Marie, elle s'était rapprochée de Pierre.

— Tu vas beaucoup nous manquer, mon petit, dit-elle en essuyant quelques larmes avec son mouchoir de dentelle.

Alors que Pierre faisait ses adieux à sa famille, Lygaya s'avança vers Simbo. Le cœur serré, le vieil homme l'embrassa :

— Dis à Pinto que, chaque jour, je penserai à lui… Embrasse mes parents, lui dit Lygaya.

Lorsque la chaloupe accosta, Juliette s'approcha à son tour de son cousin et lui glissa quelques mots à l'oreille :

— Pierre, ne nous oublie pas et n'oublie pas ton île ! Reviens vite.

Il ne répondit pas, lui déposa un rapide baiser sur la joue et prit place dans la petite embarcation aux côtés de Lygaya et de quatre autres passagers.

Pierre ne quittait pas des yeux les quatre silhouettes qui semblaient se détacher de la foule. Lorsqu'elles eurent disparu de son regard, il se tourna vers le bateau qui devait le conduire en Europe.

Aidés du capitaine, les passagers montèrent à bord. Une deuxième chaloupe suivait avec les bagages. Dès que les malles furent embarquées, le capitaine accueillit Pierre.

— Bienvenue à bord, monsieur, dit-il au jeune garçon. Le second va vous conduire à votre cabine. Nous appareillerons en fin d'après-midi, dans deux heures environ. Comme votre père nous l'a demandé, votre esclave restera près de vous.

Deux marins, accompagnés du second, précédèrent les enfants dans le ventre du navire. Une lanterne éclairait un étroit couloir sur lequel de petites portes s'ouvraient. Lorsqu'ils arrivèrent à hauteur de la quatrième porte, le second ordonna de déposer la malle.

— Voici votre cabine, dit-il en poussant la porte. Si vous avez besoin de quoi que ce soit, n'hésitez pas. Bon voyage, monsieur !

Bien que petite, la pièce était propre et confortable, et la bonne odeur du bois ciré rendait l'atmosphère chaleureuse.

Les marins installèrent la malle de Pierre dans un renfoncement spécialement prévu à cet effet derrière la porte. Le lit, qui semblait faire corps avec le navire, avait été disposé contre l'une des cloisons. Une table et un tabouret scellés au plancher trônaient au centre de la pièce. Face à la porte, un hublot était ouvert sur la mer. Une paillasse avait été déposée par terre pour Lygaya.

Les deux enfants décidèrent de remonter sur le pont où ils rejoignirent les autres passagers. Ils s'accoudèrent au bastingage pour admirer une dernière fois la Martinique. Au loin, la montagne Pelée dominait le port de Saint-Pierre, sous un ciel sans nuages.

Pierre sourit, heureux. Il connaissait la légende de l'île. Les anciens disaient que le voyageur qui avait la chance d'apercevoir la montagne Pelée, dégagée de son auréole de nuages, revenait toujours dans l'île. « C'est sûr. Je reviendrai... » pensa-t-il.

Autour d'eux, les marins s'activaient sous les ordres du capitaine. Les voiles furent hissées, la vigie prit son poste en haut du grand mât et, dans un grand fracas, l'ancre fut levée. Puis, lentement, le navire glissa sur l'eau et s'éloigna de la baie de Saint-Pierre. Lorsque l'île ne fut plus qu'un point à l'horizon, Pierre et Lygaya, qui n'avaient pas quitté leur poste d'observation depuis le départ, décidèrent de se tourner vers le grand large.

— C'est la première fois que je monte sur un navire comme celui-ci, dit Pierre. C'est impressionnant de voir toute cette étendue bleue!

Lygaya retrouvait les sensations qu'il avait éprouvées lors de son premier voyage en mer. L'air du grand large, les embruns, l'odeur particulière de la mer, lui procuraient une joie intense. Une réelle impression de liberté l'envahit.

Après que le soleil se fut couché, un frugal repas leur fut servi dans leur cabine. Mais Pierre, qui n'avait pas très faim, ne toucha pas au bouillon, au riz et aux quelques biscuits que le marin avait déposés sur la table, et c'est Lygaya, mis en appétit par l'air du large, qui termina son repas. Puis, ils décidèrent de se coucher. Bientôt, bercés par le roulis du navire, les deux enfants s'endormirent.

5

LES CORSAIRES

Il y avait trois jours que le navire avait quitté le port de Saint-Pierre. La vie à bord commençait à s'organiser et chacun tentait de trouver une occupation. Ce jour-là, Pierre remarqua l'un des passagers. C'était un jeune garçon de treize ans environ, dont le regard bleu profond l'intimida. Lygaya aussi fut frappé par la froideur de ces yeux. « J'ai déjà vu ce regard quelque part », se dit-il. Il en parla à Pierre.

— Le garçon là-bas, il ne cesse de te regarder. Le connais-tu ?

— Son visage ne m'est pas inconnu. J'ai l'impression de l'avoir déjà vu. Allons lui parler.

Ensemble, ils se dirigèrent vers le jeune homme. Pierre se présenta :

— Bonjour, je suis Pierre d'Hauteville. Il me semble que ton visage m'est
familier.

Le jeune garçon posa un regard dédai-
gneux sur Pierre.

— Oui, nous nous connaissons. Je
m'appelle Geoffroy Plunka. Mon père
est planteur à la Martinique. Ton père
aussi, je crois. Nous nous sommes croisés
quelquefois.

Le ton était hautain, froid, à l'image
du regard qui toisait Pierre.

Celui-ci sentit un léger frisson lui
parcourir le dos. « Décidément, ce voyage
ne s'annonce pas très gai... » pensa-t-il.

— Pourquoi vas-tu en Europe ? demanda Pierre

— Pour étudier. Je vais à Nantes où
une partie de ma famille est installée,
répondit Geoffroy. Et toi ?

— À Paris. Pour étudier aussi...

— Moi, je ne resterai en Europe que
deux ans. Mon père ne veut pas que je
traîne avec les jeunes courtisans poudrés.
Il dit qu'il y a mieux à faire dans notre
île. Notre plantation est l'une des plus
grosses de l'île et les esclaves nous
donnent bien du souci. Il faut constam-

ment surveiller leur travail. Lorsqu'ils ne sont pas voleurs, ils sont menteurs, ou pire, fainéants!

Tout en parlant, le jeune Geoffroy toisait Lygaya, resté à l'écart.

«Il me semble que cet imbécile tient les mêmes propos que son père...» pensa Pierre. Puis, prenant congé de ce passager qu'il éviterait à l'avenir, il rejoignit Lygaya.

— Tu avais raison, je le connais. C'est le fils de Plunka, le planteur, le tueur d'esclaves!

— C'est ça! Je savais que son regard me rappelait quelque chose de désagréable...

Sur cette réflexion, les deux jeunes gens rejoignirent leur cabine, laissant Geoffroy en contemplation à l'avant du navire.

Durant les deux semaines qui suivirent, Pierre et Lygaya tentèrent de meubler leur ennui. La mer était calme et les vents poussaient allègrement le bateau qui filait sur l'océan Atlantique. Ils aimaient se rendre à l'avant du navire pour voir la proue s'enfoncer dans les vagues.

Une nuit de la troisième semaine, alors qu'ils dormaient à poings fermés, ils furent réveillés en sursaut par des cris et des bruits de fer. Pierre se leva rapidement et se dirigea vers la porte. Surpris, Lygaya lui demanda :

— Que se passe-t-il ?

— Je ne sais pas. Ne bouge pas, je vais voir. On dirait que des hommes se battent sur le pont.

Il ouvrit la porte et se retrouva dans le couloir avec les autres passagers, effrayés par les hurlements qui leur parvenaient. L'un d'eux s'adressa à Pierre :

— Impossible de monter sur le pont. L'écoutille est fermée de l'extérieur. Je crois bien que nous avons affaire à une mutinerie…

— Que pouvons-nous faire ? demanda Pierre.

C'est le jeune Geoffroy qui lui répondit :

— Je pense que nous devons tous rejoindre nos cabines et nous enfermer à double tour. Nous verrons par la suite ce que nous ferons.

Tous les passagers approuvèrent cette décision et, d'un commun accord, chacun retourna dans sa cabine. Pierre rejoignit rapidement Lygaya qui n'avait pas bougé.

— Les autres passagers pensent que c'est une mutinerie. Nous sommes bloqués ici, dit-il à Lygaya. Nous ne pouvons voir ce qui se passe sur le pont.

À peine venait-il de terminer sa phrase qu'un grand fracas retentit dans le couloir. Paralysés par la peur, ils échangèrent un rapide regard. Au même moment, deux hommes enfoncèrent la porte de leur cabine. L'un d'eux, affublé d'un bandeau sur l'œil droit, tenait un fusil à la main. L'autre, le torse nu et le sourire édenté, s'approcha de Pierre en criant :

— Eh bien, monsieur, vous nous attendiez ? Suivez-nous. Vous changez de navire !

Effrayé par la mine patibulaire de l'homme, Pierre balbutia :

— Mais que... que... que se passe-t-il ?

— Il se passe que nous avons pris possession de votre navire, de sa cargaison et de l'équipage. Vous nous appartenez ! Vous et votre esclave.

Lygaya comprit très vite la situation. Pendant leur sommeil, le navire avait été

arraisonné par des corsaires barbaresques. La bataille s'était déroulée sur le
pont entre les barbaresques et l'équipage
du *Saint-Charles*. L'homme au bandeau
noir s'approcha lentement de lui, et le
tira par le bras tout en s'adressant à son
équipier.

— Emmène-les sur le pont, avec les
autres passagers. Nous allons les trans-
border. Eh bien! C'est une bonne prise.
Dépêchons-nous, car la route est longue
jusqu'à El Djazaïr.

Lygaya, qui n'avait pas desserré les
dents, tourna son visage vers Pierre.
L'enfant blond était d'une extrême
pâleur. L'homme au torse nu les poussa
tous deux vers l'escalier qui menait au
pont. Une fois à l'extérieur, ils retrouvèrent les autres passagers et ce qui restait
de l'équipage. Un peu à l'écart, gisaient
quelques cadavres parmi lesquels Pierre
reconnut le capitaine du navire et le
second.

Après avoir été transbordés sur le
navire des corsaires, les passagers furent
immédiatement attachés, deux par deux,
puis enfermés à fond de cale. Les deux
enfants se retrouvèrent enchaînés l'un à

l'autre. Près d'eux, Geoffroy Plunka, les jambes ligotées à celles du mousse du *Saint-Charles*, se lamentait:

— Que vont-ils faire de nous? demanda-t-il en hoquetant.

C'est Lygaya qui lui répondit:

— Je crois qu'ils nous ont capturés pour nous vendre comme esclaves. L'homme au bandeau noir a parlé d'El Djazaïr. Qu'est-ce que c'est?

— Je n'en sais rien. Mais c'est épouvantable ce que l'air peut être suffocant ici, répondit Pierre en faisant la grimace.

— Oui, je sais. Lorsque nous avons été transportés de mon pays à la Martinique, c'était pire. Espérons que le voyage ne sera pas trop long, dit Lygaya.

Pierre soupira et, pour cacher son angoisse, décida de s'allonger, entraînant avec lui Lygaya qui se trouva dans l'obligation d'en faire autant. Près d'eux, le jeune mousse tentait de rassurer Geoffroy qui pleurait:

— Ne crains rien, disait-il. Si les corsaires voulaient nous tuer, ils l'auraient déjà fait.

Mais ces quelques mots ne réconfortèrent pas vraiment Geoffroy.

Durant les deux jours qui suivirent, les prisonniers furent privés de nourriture. Au matin du troisième jour, quatre corsaires firent irruption dans la cale et distribuèrent à chacun une petite calebasse de manioc. Affamés par deux jours de privation, les captifs se jetèrent sur leur ration.

Le bateau naviga durant plusieurs semaines qui furent un enfer pour les passagers enchaînés les uns aux autres. Dans l'obscurité la plus totale, aucun d'eux ne pouvait se déplacer et une forte odeur d'urine, d'excrément et de sueur avait envahi la cale du navire.

Un soir, alors que les prisonniers somnolaient, un bruit infernal résonna à travers la coque du navire. Les enfants sursautèrent.

— Qu'est-ce que c'est? demanda Lygaya.

— Je reconnais le bruit de l'ancre. Nous sommes arrivés! répondit le petit mousse, au courant de tout ce qui concernait les manœuvres du bateau.

— Où sommes-nous? demanda Geoffroy.

— Sans doute à El Djazaïr, répondit Lygaya.

— Alors, nous sommes perdus, dit le petit mousse.

— Pourquoi perdus ? demanda Pierre.

— Parce que si nous sommes à El Djazaïr, nous allons être vendus comme esclaves.

Ils passèrent la nuit dans l'attente, anxieux de ce qui pouvait leur arriver.

Vers six heures du matin, la porte de la cale s'ouvrit sur cinq corsaires barbaresques, armés de sabres et de fouets.

L'un d'eux hurla :

— Tout le monde sur le pont. Le voyage est terminé !

Les prisonniers furent rassemblés sur le pont, puis alignés côte à côte. Deux marins étaient chargés de remplir des seaux d'eau de mer, alors qu'un troisième avait reçu l'ordre d'asperger les captifs pour les nettoyer de la crasse accumulée durant le voyage.

La fraîcheur de l'eau et l'air frais du petit matin réconfortèrent les détenus. Lorsque cette toilette succincte fut terminée, le chef des corsaires s'approcha lentement du jeune mousse. Il prit son couteau, et devant les quatre enfants effrayés, coupa les liens du garçon.

— Toi, mon garçon, dit-il, tu restes sur le navire. Nous avons besoin d'un mousse à bord. Tu as le choix : l'esclavage ou le navire.

L'enfant répondit immédiatement :

— Je préfère de loin le navire aux chaînes de l'esclavage.

— Alors, file rejoindre ton poste ! ordonna le capitaine.

Au loin, la ville d'El Djazaïr dominait la rade où une multitude de navires étaient ancrés. Entourée de remparts, la ville blanche, construite à flanc de colline et surmontée d'une citadelle, ressemblait à un décor de théâtre. Sans quitter du regard cette ville qui se dessinait au loin, Pierre, Lygaya et Geoffroy Plunka prirent place dans l'une des chaloupes qui devait les mener à terre.

Au fur et à mesure qu'ils approchaient de la côte, El Djazaïr s'offrait à eux, avec ses petites maisons blanches peintes à la chaux, blotties les unes contre les autres, ses nombreux palmiers dont les vertes palmes se dessinaient sur la blancheur des murs. El Djazaïr « Al MahRoussa » (Alger-la-bien-gardée) serait désormais leur prison.

6

EL DJAZAÏR

Lorsqu'ils accostèrent à l'une des jetées du port, une foule animée paraissait attendre. Très vite, des hommes les entourèrent. Ils étaient habillés avec de longues robes, ou djellabas, la tête coiffée de turbans. Ils parlaient une langue inconnue, l'arabe. Lygaya, qui avait déjà entendu cette langue, chuchota quelques mots à Pierre.

— Je crois que nous sommes en Afrique. Ces hommes ressemblent beaucoup à ceux qui nous ont enlevés, ma famille et moi, puis vendus aux négriers. Ce sont des Maures.

Geoffroy intervint :

— Si c'est le cas, nous pourrions peut-être leur dire que nos pères sont très riches. Sans doute accepteraient-ils de nous échanger contre une rançon ?

— Tu as peut-être raison, répondit Pierre. Il faut réfléchir et en parler au chef des barbaresques.

— Espérons que nous ne serons pas séparés, dit Lygaya très angoissé.

Geoffroy le toisa de ses yeux perçants.

— De toutes façons, cela ne te concerne pas. Tu es déjà un esclave.

L'enfant noir releva la tête et plongea fièrement son regard dans celui de Geoffroy, puis lui répondit calmement :

— Aujourd'hui, je suis esclave, comme toi. Mais avant d'être esclave, j'étais libre, tout comme tu l'étais hier !

Gêné, Geoffroy baissa les yeux. Lygaya venait de lui souffler la triste vérité.

Les trois jeunes gens furent emmenés sur une petite place où ils rejoignirent un groupe d'esclaves enchaînés qu'un vendeur présentait au public. Autour d'eux, la foule se pressait. Le chef des corsaires s'approcha des enfants. C'est le moment que choisit Geoffroy pour intervenir :

— Capitaine, nos familles sont très riches. Ce sont des planteurs de la Martinique. Je suis sûr qu'elles nous échangeraient volontiers contre de l'argent! dit-il rapidement.

Le capitaine éclata d'un grand rire et fixa Geoffroy de son œil unique.

— Eh bien, freluquet, tu ne manques pas d'audace! Crois-tu que je vais armer un bateau uniquement pour te ramener à ta famille alors que les Turcs me donneront un excellent prix pour toi?

Puis, sans rien ajouter, il se retourna et s'adressa en français à un jeune Arabe:

— Alors, Aziz, tu es venu voir notre marchandise? Va chercher ton maître et dis-lui que j'ai ici deux jeunes garçons de race européenne, en excellente santé. J'attends sa réponse avant de les mettre en vente!

Pierre et Lygaya échangèrent un rapide regard.

— Je crains fort que nous soyons séparés, dit Lygaya de plus en plus anxieux.

L'enfant blond ne répondit pas et se tourna vers Geoffroy qui pleurait en silence. « La situation est vraiment désespérée », pensa-t-il.

Vingt minutes plus tard, le jeune Arabe réapparut, accompagné d'un vieil homme richement vêtu qui s'adressa dans un français hésitant au chef des corsaires.

— L'enfant m'a dit que tu avais deux jeunes garçons à vendre. Où sont-ils?

— Les voici, répondit le corsaire en désignant Geoffroy et Pierre.

Le vieil homme s'approcha tout d'abord de Geoffroy en se pinçant le nez, car malgré leur rapide toilette du matin, les esclaves dégageaient une odeur nauséabonde.

— Ouvre la bouche. Je veux voir tes dents, dit-il.

— Je ne suis pas un animal. Je m'appelle Geoffroy Plunka et mon père est un homme puissant à la Martinique!

L'homme dévisagea fixement Geoffroy de ses petits yeux noirs. L'enfant releva fièrement la tête avec un air de défi. Alors, sans dire un mot, le vieil homme lui administra une gifle puis répéta calmement:

— Ouvre la bouche. Je veux constater que tes dents sont saines.

Surpris et humilié, Geoffroy obéit. Il décida cette fois-ci de ravaler ses pleurs et son regard plein de larmes croisa celui de Lygaya. Ce dernier, qui comprenait ce que vivait Geoffroy, détourna rapidement la tête.

Après avoir palpé les bras de Geoffroy, puis l'avoir fait bouger et sauter pour vérifier ses articulations, le vieil homme se dirigea vers Pierre. Lorsqu'il fut près de lui, Pierre ouvrit la bouche avant même que l'ordre lui en fût donné. Amusé, le vieillard sourit et interpella le chef des corsaires :

— Ils sont à moi. Combien en veux-tu ?

— Cent cinquante pièces d'or.

— Trop cher ! Je me suis déplacé pour rien, dit le vieux, faisant mine de s'éloigner.

— Non, attends. Cent pièces d'or.

— C'est encore trop cher.

— Ils sont jeunes et en bonne santé. Ils ont de l'éducation. Ils savent lire et écrire.

— Peut-être, mais celui qui s'appelle Geoffroy est stupide et je crains fort qu'il ne me cause des problèmes.

Déçu, le chef des corsaires regarda Pierre près duquel Lygaya s'était rapproché. Une idée lui traversa alors l'esprit.

— Si tu me donnes cent pièces d'or, je t'offre le jeune Noir qui est près du garçon aux cheveux blonds. C'était son esclave.

Le vieillard se retourna et aperçut Lygaya. Il s'approcha de lui, l'inspecta, puis lança au chef des barbaresques :

— Voilà tes cent pièces d'or, dit-il en lui jetant une bourse que le corsaire attrapa au vol. Amène-les chez moi…

Sans rien ajouter, le vieillard disparut dans la foule, laissant les trois enfants médusés. Heureux de ne pas avoir été séparé de son ami, Lygaya se pencha vers Pierre et marmonna :

— Cette fois-ci, nous avons eu beaucoup de chance…

Pierre inspira profondément en approuvant de la tête.

Quand la vente fut terminée, le corsaire poussa les enfants devant lui. Ils s'engagèrent dans un dédale de ruelles, le long des remparts qui encerclaient la ville. Un silence pesant les entourait. Tout ici semblait endormi. Après un bon quart d'heure de marche, ils arrivèrent devant la lourde porte d'une grande maison blanche. L'homme s'empara du heurtoir et frappa trois coups. C'est le jeune Aziz qui vint ouvrir. Le chef des brigands poussa les trois enfants à l'intérieur, dit quelques mots à l'esclave et disparut. La porte se referma sur les chemins de la liberté.

Ils se retrouvèrent dans un jardin intérieur, entouré de murs décorés de mosaïques de toutes les couleurs. Au centre, trônait un magnifique bassin dont le fond était orné d'une mosaïque verte avec une frise bleue et rouge. Une petite fontaine diffusait une douce musique cristalline et des oiseaux de toutes les couleurs voletaient autour d'eux.

Dans les parterres, des fleurs exotiques exhalaient un parfum enivrant. Tout était calme et paisible dans cet endroit paradisiaque.

Aziz demanda aux trois enfants, dont les poignets étaient toujours liés, de le suivre. Ils pénétrèrent dans une petite pièce sombre meublée seulement de coussins entassés sur un épais tapis. Assis en tailleur, au milieu des poufs en cuir, le vieillard les attendait. Devant lui, sur un immense plateau de cuivre, étaient disposés de nombreux fruits et un service à thé…

Il releva la tête et observa les trois enfants. Il choisit de s'adresser à Pierre en premier :

— On m'a dit que tu savais lire et écrire le français ?

— Oui.

— Alors, tu vas m'apprendre à lire et à écrire.

Puis, se retournant vers Lygaya :

— Et toi… qu'est-ce que tu sais faire ? demanda-t-il.

Lygaya, qui ne s'attendait pas à ce genre de question, était bien embarrassé.

— Je… Je sais soigner les chevaux !

— Ce n'est pas suffisant. Je n'ai pas de chevaux. Ici, tu seras jardinier. J'ai une bergerie. Tu pourras aussi t'occuper des moutons.

Puis, lentement, le vieil homme se tourna vers Geoffroy qui se fit un point d'honneur à le fixer de son regard perçant.

— Toi, dit le vieillard, tu me serviras chaque jour et tu attendras debout près de moi que je te donne mes ordres.

D'ici quelques jours, tu perdras ton arrogance!

Les narines de l'enfant eurent un léger frémissement que seul le vieillard perçut.

Lorsque le vieil homme eut terminé, deux hommes armés d'un sabre et portant un fouet à la ceinture entrèrent dans la pièce. Le maître leur dit quelques mots en arabe et les deux gardes escortèrent les enfants vers le jardin. Ils longèrent le grand bassin, puis s'engouffrèrent dans un couloir au bout duquel s'ouvrait une porte. Ils pénétrèrent dans une vaste pièce, blanchie à la chaux, où deux esclaves s'activaient autour d'un feu pendant que deux autres préparaient un repas. Ils se trouvaient dans la cuisine.

Pierre s'adressa à Lygaya:

— Je pense que nous n'avons aucun moyen de sortir d'ici. As-tu vu l'épaisseur des murs? Et les gardes...

Geoffroy l'interrompit:

— Nous ne pouvons pas obéir à ce vieux fou...

— Nous n'avons pas d'autres moyens pour l'instant. Attendons un peu. Après, nous verrons, répondit Pierre.

Lygaya approuva.

— Pierre a raison. Il faut d'abord nous familiariser avec les lieux. Peut-être trouverons-nous un moyen de nous évader...

Après que l'un des gardes les eut libérés de leurs liens, un esclave leur tendit un gobelet en terre, rempli de lait caillé, accompagné d'un plat de semoule. Les enfants ne se firent pas prier et mangèrent de bon appétit. Lorsqu'ils eurent terminé, les deux gardes qui attendaient devant la porte les entraînèrent vers un autre patio, situé à l'extrémité de l'immense maison. Ils se retrouvèrent au bord d'un petit bassin alimenté par une fontaine. Un garde leur remit trois djellabas, ces grandes robes blanches que tous les hommes portaient et qui semblaient être le costume national. Il leur expliqua par signes qu'ils devaient se laver et s'habiller. Puis, lorsque cela fut fait, il les guida vers la chambre des esclaves. Il s'agissait d'une immense pièce aux murs blancs. Sur le sol étaient étalés de très grands tapis de laines colorées. Les enfants comprirent qu'un peu de répit leur était accordé. Épuisés, ils s'allongèrent et s'endormirent immédiatement.

7

AVIS DE RECHERCHE

Il y avait presque cinq mois que Pierre était parti. À la plantation, Charles était au désespoir de ne pas recevoir de nouvelles de son fils. Un matin, alors qu'il prenait son petit déjeuner sous la véranda, en compagnie de la tante Marie et de Juliette, un homme à cheval se présenta. Charles reconnut tout de suite la silhouette de Plunka, celui que l'on appelait « le tueur d'esclaves ». L'homme semblait très troublé. Charles s'avança vers lui pour l'accueillir.

— Que se passe-t-il ? demanda-t-il.

— J'apporte une bien triste nouvelle. Le *Saint-Charles* a été attaqué par des corsaires. Une grande partie de l'équipage a été tuée et des passagers ont été faits prisonniers. Votre fils… et le mien !

Charles resta muet de douleur. Livide, il demanda :

— Que pouvons-nous faire?

— Je n'en sais rien. Attendre d'autres nouvelles. Il y a un bateau qui doit arriver dans les jours prochains. Il vient d'Afrique. Les hommes pourront peut-être nous renseigner. Les corsaires barbaresques sont cruels et sans scrupules. Des voleurs, des pilleurs, des tueurs!

— Oui, j'ai entendu pas mal de choses sur eux. Mais on dit aussi qu'ils font des prisonniers pour les vendre comme esclaves aux Turcs.

— Vous voulez dire que nos fils sont esclaves quelque part en Afrique?

— Peut-être, répondit Charles. Souhaitons seulement qu'ils ne soient pas maltraités, ou même pire...

Plunka détourna la tête afin que Charles ne puisse voir ses larmes. Le monstre d'hier n'était plus qu'un homme seul, abattu par le chagrin.

Les deux planteurs convinrent de s'unir pour retrouver leurs enfants. Lorsque Plunka fut parti, Juliette demanda à son oncle:

— Comment allez-vous retrouver Pierre?

Le visage bouleversé de Charles ne cachait rien de son angoisse. Il balbutia quelques mots :

— Je ne sais pas… Je vais partir immédiatement à Saint-Pierre pour glaner quelques renseignements auprès des marins. De toutes façons, nous ne pouvons rien faire pour le moment, sinon attendre…

En pleurs, Juliette se jeta dans les bras de sa mère qui tenta de la consoler. Une heure plus tard, Charles d'Hauteville galopait vers le port de Saint-Pierre.

Dès qu'il arriva dans la ville, il se précipita vers l'un des estaminets où les marins avaient l'habitude de se retrouver. Il s'approcha de l'un d'eux, s'assit en face de lui et demanda :

— Savez-vous si un bateau est arrivé d'Afrique dernièrement ?

— Non, pas ces jours-ci. Mais il y a le *Sainte-Agathe* qui doit arriver d'ici deux ou trois jours. Pourquoi ?

— Mon fils était sur le *Saint-Charles*…

— Ah… J'ai entendu parler de cette histoire. Que c'est triste ! Malheureusement, vous ne pouvez rien faire pour l'instant.

Découragé, Charles approuva tristement et remercia le marin. Avant de sortir, il se retourna et ajouta :

— Je vais rester à Saint-Pierre quelques jours, en attendant le *Sainte-Agathe*. Je serai ici tous les jours, à midi. Si vous apprenez quelque chose, vous saurez où me trouver.

Le marin acquiesça.

Lentement, Charles se dirigea vers la maison de la tante Marie. Il s'installa sur la véranda et resta ainsi, sans manger, sans parler, jusqu'au lendemain matin. Lorsqu'il se rendit compte que le soleil était haut dans le ciel, il se dirigea vers le puits, puisa un seau d'eau et s'aspergea le visage. Puis, le dos courbé par la fatigue et le découragement, il entreprit de retourner à la taverne. Lorsqu'il entra, les voix se turent un instant et tous les regards se tournèrent vers lui. Il chercha des yeux le marin de la veille, mais ne le reconnut pas parmi tous ces visages burinés par la mer et le soleil. Il s'assit, commanda un plat et du rhum. Il s'aperçut qu'il n'avait rien mangé depuis qu'il avait quitté la plantation et se força à avaler le riz et la viande épicée que lui avait apportés le tavernier.

À peine venait-il de terminer son repas qu'il vit un homme s'approcher de lui. Très grand, bien bâti, il portait des vêtements trahissant sa condition modeste. Il se planta devant la table de Charles et, timidement, demanda :

— Pardonnez-moi, monsieur, de vous importuner, mais on dit dans la ville que votre fils était sur le *Saint-Charles* ?

Une lueur d'espoir traversa le regard de Charles qui se leva immédiatement :

— Oui, en effet. Auriez-vous quelque nouvelle à me donner ?

— Hélas, non, monsieur. Mais peut-être pourrais-je vous aider. Je suis orphelin et j'ai été recueilli par les pères dominicains. Je sais que les congrégations religieuses rachètent les esclaves blancs, en Afrique du Nord. Lorsque l'on m'a conté votre histoire, j'ai pensé que vous pourriez peut-être entrer en contact avec un prêtre dominicain ou un prêtre missionnaire. Sans doute pourrait-il vous dire comment rejoindre l'Ordre des prêtres Trinitaires de Saint-Jean de Matha. On m'a dit qu'ils pouvaient obtenir des sauf-conduits pour l'Afrique du Nord, ce qui leur permet de racheter des captifs.

Charles savait en effet que tous les ordres religieux catholiques n'hésitaient pas à racheter des esclaves blancs en Afrique du Nord et que plusieurs d'entre eux s'étaient spécialisés dans cette tâche particulière. Il réfléchit un instant :

Je vous remercie, monsieur, de votre soutien. J'attends le *Sainte-Agathe* qui peut-être m'apportera d'autres nouvelles. Mais je retiens votre proposition.

— Je reste à votre disposition pour vous aider, si vous le souhaitez, dit l'homme en saluant Charles.

Charles attendit quelques heures. Puis, ne voyant personne alentour qui puisse lui donner de nouvelles informations, il décida de rejoindre la propriété de la tante Marie et de se reposer en attendant le lendemain.

Épuisé par ces deux derniers jours, il s'allongea tout habillé et s'endormit profondément. Le lendemain matin, il fut réveillé par la jeune esclave Mathilda qui lui apporta du lait chaud et quelques fruits frais. Il se leva précipitamment, enfila sa veste et se dirigea à nouveau vers la taverne. C'est un homme découragé, mal rasé et décoiffé qui, comme la veille, s'installa à une table et attendit.

Autour de lui, les hommes parlaient de la mer, des tempêtes, des «lames gigantesques, cent fois plus grosses qu'une maison» qu'ils avaient rencontrées lors de leurs voyages. Chacun racontait une histoire, son histoire ou celle d'un marin rencontré dans un port étranger. Charles entendait, sans vraiment écouter, les vantardises des uns, les aventures des autres. Absorbé dans ses pensées, il n'avait pas remarqué qu'un homme s'était installé près de lui. Il sursauta lorsque celui-ci lui adressa la parole :

— Monsieur, j'ai peut-être un renseignement pour vous…

Il reconnut le marin qu'il avait rencontré le jour de son arrivée.

— Il y a un négrier, ancré dans la rade. La quarantaine de l'équipage se termine demain matin. Sans doute pourriez-vous avoir d'autres nouvelles demain, lorsque les hommes débarqueront…

— Comment s'appelle ce navire ?

— Le *Bordelais*.

Charles remercia le marin, salua le tavernier et marcha vers la maison familiale, dans l'attente du lendemain. Rongé par l'incertitude, il s'allongea. Les yeux fixés au plafond, il pensait à son fils : le reverrait-il un jour ?

Au lever du soleil, après une nuit agitée durant laquelle il ne put trouver le sommeil, il se précipita au port. Des chaloupes accostaient avec, à leur bord, des esclaves surveillés par des marins armés. Charles s'adressa à l'un des matelots :

— Arrivez-vous d'Afrique ?

— Oui, monsieur, nous avons perdu beaucoup de marchandise. Quarante esclaves sont morts et plusieurs sont très mal en point. La traversée a été longue. Le capitaine a perdu beaucoup d'argent.

Charles écoutait distraitement.

— D'où êtes-vous partis ?

— De Bordeaux vers l'Afrique. Nous avons accosté au Sénégal. Mais le capitaine n'a pas voulu prendre la mer tout de suite. Alors, nous avons longé la côte et nous sommes remontés vers la mer Méditerranée, jusqu'en Afrique du Nord. Nous nous sommes arrêtés à El Djazaïr, le capitaine voulait vendre des armes aux Turcs. C'est pour cela que nous avons pris du retard... Et que nous avons perdu autant de «bois d'ébène».

Charles ne put retenir sa curiosité.

— Avez-vous assisté à des ventes d'esclaves blancs, à El Djazaïr?

— Oui, malheureusement, cela est courant. Et nous ne pouvons rien faire dans ces cas-là. Si nous intervenions, les Maures nous tueraient.

— Auriez-vous vu un jeune garçon blond, aux yeux bleus et au teint très pâle? insista Charles.

Le marin réfléchit un instant, puis son visage s'éclaira:

— Je me souviens d'un enfant dont la description pourrait correspondre. Il avait une drôle de cicatrice sur le front, en forme d'étoile. Il a été vendu avec un autre enfant blanc, au regard bizarre. Il y avait aussi un négrillon avec eux. C'est un vieux marchand turc qui les a achetés. C'est tout ce que je peux vous dire...

Pour Charles, la nouvelle était boule-versante. Il en était presque sûr: son fils était en vie. Il respira profondément et sortit une petite bourse qui contenait quatre pièces d'or. Il les tendit au marin.

— Je voudrais rencontrer le capitaine du navire, dit-il. C'est mon fils, j'en suis sûr, que vous avez vu à El Djazaïr.

Ému, le marin prit la bourse.

— Vous pourrez voir le capitaine ce soir, après la vente des esclaves. Je vous conduirai à bord du *Bordelais*. Soyez ici ce soir, à cinq heures précises.

La journée fut longue et ennuyeuse. Le planteur la passa à attendre l'heure du rendez-vous, en marchant le long de la plage et en se promenant dans la ville. Il se lava, se rasa puis, à l'heure dite, retrouva le matelot qui l'attendait à bord d'une chaloupe.

Ils glissèrent rapidement sur la mer calme vers le *Bordelais*. Le capitaine du navire, qui avait été informé de la visite de Charles, l'aida à monter à bord. C'était un homme de grande taille qui portait ses cheveux gris coiffés en arrière et attachés ensemble par un catogan sur la nuque. Il se présenta :

— Je suis le capitaine de ce bateau négrier. Mon nom est Bastien. On m'a dit, monsieur, que vous souhaitiez me parler ?

— Capitaine, mon fils et le fils d'un autre planteur ont été faits prisonniers par les barbaresques et vendus en Afrique du Nord.

— Hélas, monsieur, c'est une bien triste histoire, mais nous n'y pouvons rien...

— Retournez-vous à El Djazaïr ?

— Oui. Mais nous n'y serons pas avant six mois...

— M'accepteriez-vous à votre bord ?

— Non, monsieur, la vie de marin n'a rien à voir avec celle de planteur ! Et puis, ce serait pure folie que de penser pouvoir délivrer votre fils tout seul. Par contre, si vous me payez en or, peut-être pourrais-je vous rendre ce service et vous ramener les deux enfants.

Avant de répondre, Charles prit un temps de réflexion. Il n'aimait pas les négriers, car il savait que seule la couleur de l'or les intéressait. Mais, dans sa situation, il n'avait guère d'autre recours.

Il dévisagea l'homme et considéra un instant son regard vert, son visage franc. « Ce sont les yeux d'un homme de parole,

et la liberté de mon fils n'a pas de prix»,
se dit-il.

— Combien voulez-vous? demanda
Charles.

— Mille pièces d'or par enfant.

— Vous les aurez. La moitié au départ
et le reste à votre retour.

En signe d'accord, Bastien tendit
la main à Charles qui la serra. Le marché
était conclu. N'ayant plus rien à ajouter,
Charles se fit raccompagner à terre.
Deux jours plus tard, il était de retour à
la plantation où Plunka, averti par l'un
des négociants du port de Saint-Pierre,
vint le retrouver immédiatement. Ils
entreprirent alors de réunir la somme
nécessaire et, d'un commun accord, afin
de mettre toutes les chances de leur côté,
décidèrent de rencontrer l'un des prêtres
dominicains établis dans l'île. Ce dernier
leur remit un message à l'intention
d'un prêtre trinitaire français, vivant à
Bordeaux, susceptible d'aider le capitaine dans le rachat des deux enfants..

— L'ordre religieux peut circuler assez
facilement en Afrique du Nord grâce à
des sauf-conduits. Généralement, ils arrivent à racheter quelques esclaves blancs

sur place, en payant une rançon, leur dit-il. Un prêtre trinitaire pourrait être d'un grand secours au capitaine, si celui-ci échouait dans sa mission…

Le vieux Simbo, qui avait appris que son maître était prêt à payer cher pour retrouver son fils, avertit Sanala.

— Il faut que tu saches, Sanala, que le maître va tenter de racheter son fils, mais sûrement pas Lygaya. Il faut que vous soyez très courageux, Pinto et toi ; vous ne reverrez sans doute plus jamais Lygaya.

Depuis qu'elle avait appris l'enlèvement des enfants, Sanala était très malheureuse, elle ne cessait de pleurer. Elle ne pouvait accepter de ne plus revoir son fils. Quant à Pinto, il était abattu. « Quel curieux sort nous a-t-on jeté, se disait-il. Mon fils retourne sur sa terre natale pour y être captif à nouveau et séparé à jamais de nous. »

Au bout d'un mois, le *Bordelais* reprenait la mer, avec un capitaine riche de mille pièces d'or. Plunka lui avait promis de doubler la somme s'il arrivait à lui ramener Geoffroy, son fils unique. De plus, les deux planteurs lui avaient confié le message destiné au prêtre trinitaire de Bordeaux dont leur avait parlé le prêtre dominicain.

Le *Bordelais* faisait route vers son port d'attache, Bordeaux, la superbe ville française qui bâtissait sa richesse grâce au commerce des esclaves, le fameux « bois d'ébène ». Mais l'intention du capitaine était de reprendre la mer sans attendre, en direction d'El Djazaïr où il espérait bien retrouver les deux enfants sains et saufs. Il en faisait une question d'honneur, mais aussi d'argent…

8

LA LIBERTÉ

Pendant ce temps, à El Djazaïr, la vie suivait son cours. Pierre, Geoffroy et Lygaya vivaient reclus dans la grande maison aux murs blanchis sur lesquels venait s'écraser un soleil de plomb. Prisonniers et esclaves, surveillés nuit et jour par des hommes armés d'un sabre et d'un fouet, ils ne pouvaient s'enfuir de leur prison dorée. S'ils ne manquaient de rien et n'étaient pas trop maltraités, ils n'en étaient pas moins esclaves du vieillard qui les avait achetés.

Ce jour-là, comme tous les autres jours à la même heure, Pierre donnait sa leçon de français au vieil homme, trop âgé pour retenir les règles grammaticales. Lygaya s'occupait du jardin et Geoffroy attendait les ordres, debout près de son maître.

Les enfants disposaient de très peu de temps libre. Lorsqu'ils avaient terminé leurs travaux, si le soleil n'était pas encore couché, ils devaient effectuer d'autres tâches : laver, nettoyer, ranger, servir le thé, arroser les plantes, puiser de l'eau, s'occuper de la bergerie. À la nuit tombée, épuisés par leur journée de labeur, ils s'écroulaient sur les tapis de laine.

Après avoir donné sa leçon de français, Pierre rejoignit Lygaya dans le jardin. Passionné par le jardinage qu'il avait découvert et absorbé par la taille d'un rosier, Lygaya n'entendit pas son ami approcher. Il tressaillit lorsque Pierre parla :

— Le vieil homme est allé se reposer avant la prière. Sais-tu depuis combien de temps nous sommes ici ?

— Oui, répondit Lygaya sans relever la tête, il y a quatre mois, très exactement aujourd'hui, que nous sommes dans cette maison.

— Quatre mois qui me semblent des années, reprit Pierre. Jamais je n'aurais pu imaginer que la liberté me manquerait à ce point. Depuis quatre mois, nous ne sommes pas sortis d'ici et j'ai l'impression que le temps s'est arrêté!

— Je connais cette impression. Mais ici, nous n'avons pas trop à nous plaindre. Nous sommes bien nourris et bien traités. Sans vouloir te vexer, je dirais que c'est mieux qu'à la Martinique!

Pierre sourit.

— Cela dépend pour qui, dit-il. Une chose est sûre, c'est que nous sommes esclaves et prisonniers de ce vieillard! Et ce pauvre Geoffroy, il me fait pitié. Toute la journée, il attend, debout près du vieil homme. As-tu remarqué comme son regard a changé? Il semble lointain, absent, comme s'il était ailleurs.

Lygaya interrompit un instant son travail. Lui aussi avait remarqué que Geoffroy n'était plus le même. Au début, il évitait Lygaya jusqu'au jour où le maître avait failli le fouetter pour avoir cassé, par inadvertance, l'une de ses deux seules tasses en porcelaine. En voyant la frayeur de Geoffroy se dessiner sur son visage, Lygaya s'était accusé à sa place. Le maître n'avait pas été dupe, mais n'avait pas sévi. Reconnaissant,

Geoffroy était devenu alors plus amical avec Lygaya.

— Les quinze premiers jours ont été si difficiles pour lui, reprit Lygaya. Le fouet a laissé sur son dos des cicatrices définitives. As-tu vu ses plaies ?

Pierre ne répondit pas. Il se dirigea vers la cuisine où l'attendaient d'autres occupations.

Chaque jour était identique au précédent. La maison s'éveillait à l'aube, au chant du coq, c'était l'heure de la prière où tout le monde s'agenouillait là où il se trouvait, mais en direction de l'est, face à La Mecque, symbole de l'islam. Ensuite, chacun vaquait à ses occupations jusqu'à deux heures de l'après-midi quand le repas était servi. Des plats et des mets fins pour le maître et ses invités, de la semoule et du lait caillé pour les esclaves. Le travail reprenait alors jusqu'au coucher du soleil.

Un matin du onzième mois, le heurtoir de la porte résonna dans toute la maison, troublant le silence pesant qui y régnait. Un jeune esclave, à qui l'on avait confié le soin et la garde de la clef des lieux, se précipita pour ouvrir la lourde porte. Devant lui, se tenait un homme blanc, de grande taille, au regard vert et aux cheveux gris ramenés en catogan sur la nuque. Il demanda à parler au maître. L'esclave referma la porte, laissant le visiteur à l'extérieur. Il revint quelques instants plus tard, accompagné de l'un des gardes armés. Ce dernier fit entrer l'homme dans le jardin intérieur puis lui fit signe de le suivre. Il le conduisit vers la petite pièce où les trois enfants avaient été amenés le jour de leur arrivée. Le vieillard y était confortablement installé, devant un plateau en cuivre couvert de sucreries. Près de lui, un enfant brun, au regard bleu et triste, attendait debout, un éventail à la main. En entrant dans la pièce, l'inconnu le dévisagea. Voyant cela, le vieillard pria l'homme de s'asseoir et fit signe à l'enfant de servir le thé. Enfin, le vieil homme rompit le premier le silence :

— On me dit que tu veux me voir et que tu viens de loin. Que veux-tu ?

— Je suis capitaine d'un navire négrier. Je cherche des esclaves. On m'a dit que tu en avais à vendre.

— Qui t'a dit cela?

— Un père trinitaire qui vit à El Djazaïr depuis trois mois. Il rachète des esclaves blancs.

— Oui, effectivement, il est déjà venu me voir. Mais tu es mal informé, je ne vends pas d'esclaves. Vers quels pays navigues-tu?

— L'Amérique. Les Caraïbes...

Geoffroy, toujours debout près de son maître, semblait ne prendre aucun intérêt à la conversation. Lorsqu'il entendit prononcer le mot «Caraïbes», son regard s'agrandit. Il se sentit un instant défaillir. L'homme aux cheveux gris s'en aperçut mais ne sourcilla pas. Il continua de parler avec son hôte, comme s'il n'avait pas remarqué le trouble du jeune homme.

— On m'a dit aussi que tu as deux esclaves européens, ajouta-t-il.

— On t'a dit beaucoup de choses sur mon compte. Que veux-tu savoir d'autre?

— As-tu acheté deux jeunes Européens?

Le vieil homme releva lentement la tête vers Geoffroy qui était d'une extrême pâleur. L'enfant, toujours prêt à répondre à un ordre, interrogea le vieillard du regard. Le vieux scruta son visage un instant de ses petits yeux noirs, puis se tourna vers l'inconnu.

— Ce garçon est l'un des deux jeunes esclaves qui m'ont été vendus il y a onze mois. Pourquoi toutes ces questions ?

— Me permets-tu de lui poser une question ? demanda l'inconnu.

— Tu as ma permission.

L'homme au catogan s'adressa d'une voix douce à Geoffroy qui tremblait de peur.

— Quel est ton nom ?

Geoffroy n'osa pas répondre tout de suite. Pour l'encourager, le vieillard répéta la question. Alors, d'une petite voix, il répondit :

— Geoffroy Plunka.

L'inconnu plongea ses yeux verts dans ceux humides de l'enfant puis, sans le quitter du regard, annonça d'un ton sec.

— Je te donne cent pièces d'or pour cet esclave.

— Voilà donc l'objet de tes questions ! C'est une bien grosse somme pour un simple esclave. Mais c'est une très bonne offre. Il ne m'est pas d'une grande utilité. De plus, il n'est pas en très bonne santé. Tu peux le prendre. Il est à toi.

L'inconnu détacha la petite bourse qu'il portait à sa ceinture, l'ouvrit et compta cent pièces d'or qu'il déposa sur le plateau de cuivre devant le vieil homme. Il releva la tête vers Geoffroy. Celui-ci était secoué de gros sanglots.

L'homme se leva, remercia le vieillard pour son hospitalité, puis donna l'ordre à Geoffroy de le suivre. Ce dernier obéit. Ils allaient sortir de la pièce, lorsque l'inconnu qui semblait avoir oublié quelque chose revint sur ses pas.

— Ne m'as-tu pas dit que tu avais acheté deux esclaves européens ? demanda-t-il sur un ton détaché au vieil homme vautré parmi les coussins.

Surpris par cette volte-face inattendue, le vieillard considéra la pièce de son regard noir malicieux et répondit :

— En vois-tu un autre ici ?

L'homme au catogan sentit qu'il était inutile d'insister. Il salua poliment son hôte et entraîna Geoffroy à sa suite vers la sortie.

Lorsqu'ils furent à l'extérieur, l'enfant demanda :

— Pourquoi m'avez-vous acheté ? Allez-vous me revendre ?

L'homme sourit.

— Non, répondit-il. Je m'appelle Bastien. Je suis venu te libérer pour te ramener chez toi. Mais avant, il faut que je termine ma mission. Y a-t-il un autre jeune de ton âge dont le père est planteur à la Martinique, qui soit esclave dans cette maison ?

Soulagé, et comprenant que son cauchemar était enfin terminé, Geoffroy se décontracta, inspira profondément et répondit :

— Oui, il s'appelle Pierre d'Hauteville.

Satisfait de la réponse de l'enfant, Bastien accéléra le pas jusqu'au port où un matelot, le même qui avait conduit Charles d'Hauteville à bord du *Bordelais*, les attendait. Le marin semblait heureux de retrouver son capitaine.

— J'ai bien cru que vous ne reviendriez pas, dit-il simplement.

— Le vieil homme est rusé. Il n'a pas voulu me vendre l'autre garçon. Je crains fort que nous ne soyons obligés de l'enlever si nous voulons gagner notre argent!

Puis, se retournant vers Geoffroy:

— Dis-moi, mon garçon, lorsque nous serons à bord du navire, tu me feras un dessin de l'intérieur de la maison. Je veux que tu me décrives les moindres recoins et les habitudes des occupants. J'y retournerai demain matin pour voir comment nous pouvons approcher ton ami. Il y a bien quelqu'un qui sort de cette maison dans la journée?

Geoffroy réfléchit un instant, puis son visage s'illumina.

— Oui, il y a un jeune Arabe à qui le vieil homme fait une entière confiance. Il s'appelle Aziz. Il sort chaque jour pour se rendre au marché, au début de la matinée. C'est lui qui vous a ouvert la porte: c'est le gardien des clefs.

— Eh bien, voilà qui est une bonne nouvelle! annonça Bastien. Je l'attendrai demain matin. Pour l'instant, allons retrouver notre cargaison.

Voyant le regard interrogateur de Geoffroy, le capitaine précisa:

— Je commande un navire négrier, mon jeune ami. Ton père et celui du jeune

Pierre m'ont offert une grosse récompense si je vous ramenais vivants. Ma cargaison, c'est du « bois d'ébène », des esclaves en bonne santé que nous avons embarqué sur la côte est africaine et que nous allons vendre en Martinique.

Geoffroy tourna la tête vers la ville d'El Djazaïr qui s'éloignait lentement. Il pensait en avoir terminé définitivement avec l'esclavage, et pouvoir oublier son cauchemar. Ce que venait de lui dire Bastien le troubla.

Lorsqu'ils furent à bord du *Bordelais*, le capitaine ordonna qu'une cabine fût mise à la disposition de l'enfant. Alors qu'il s'engouffrait dans le couloir qui menait à sa cabine, Geoffroy fut saisi de nausées. Une odeur identique à celle qui régnait dans le navire des corsaires le prit à la gorge ; elle émanait de la cale. Il s'installa dans l'étroite pièce et s'allongea sur le lit moelleux préparé à son intention.

Dans le silence de l'après-midi, des gémissements et une sorte de rumeur sourde parvenaient jusqu'à lui. Malgré sa grande fatigue, bouleversé à l'idée que deux ou trois cents personnes étaient entassées les unes sur les autres sous son plancher, dans l'entrepont, l'enfant ne put trouver le sommeil. « Des esclaves pour la Martinique… » se dit-il tout haut. Les yeux grands ouverts, il réfléchissait.

Le lendemain, à l'aube, le capitaine du navire accosta la chaloupe au port d'El Djazaïr. Dans sa poche, il avait méticuleusement plié un plan de la maison, maladroitement dessiné par Geoffroy. Lorsqu'il arriva devant la maison blanche, il en fit le tour puis se posta derrière le feuillage touffu d'un figuier. Il n'attendit pas longtemps. Vers dix heures, la porte s'ouvrit sur un jeune garçon aux cheveux noirs bouclés, au visage souriant. Le capitaine reconnut tout de suite le jeune esclave de la veille, celui que Geoffroy nommait Aziz. L'enfant referma minutieusement la porte, mit la clef dans sa djellaba grise et avança gaiement sur le chemin caillouteux qui menait au centre de la cité. Le capitaine le suivait de loin. Aziz s'engouffra dans une ruelle déserte qui devait être un raccourci pour se rendre au port.

Après avoir vérifié que personne ne se trouvait à proximité, Bastien décida d'agir rapidement. Il se rua sur le jeune esclave qu'il jeta à terre, lui tordit le bras en arrière et plaça son autre main sur la bouche de l'enfant pour l'empêcher de crier. Lorsque l'esclave ne se débattit plus, Bastien le regarda droit dans les yeux et lui chuchota quelques mots à l'oreille :

— Je ne te veux aucun mal. Si tu me donnes les renseignements dont j'ai besoin, je te laisserai la vie. Sinon, je te tuerai !

Voyant le regard déterminé de l'homme, l'enfant, effrayé, hocha la tête en signe d'approbation. Lentement, Bastien retira sa main de la bouche de l'enfant. Alors, le jeune esclave lui dit :

— Je te reconnais. Tu es venu voir mon maître hier et tu as acheté Geoffroy !

Bastien répondit en posant sa première question :

— Combien y a-t-il de gardes armés dans la maison ?

— Dix.

— Combien êtes-vous d'esclaves ?

— Six

— Et les maîtres. Combien sont-ils ?

— Juste le vieux. Mais que veux-tu ?

Comme s'il n'avait pas entendu la question, le capitaine réfléchissait. Il sortit de sa ceinture le dessin de Geoffroy et le présenta à Aziz, interloqué.

— C'est l'intérieur de la maison du maître. Que veux-tu faire ? Voler son or ?

— Non, seulement délivrer un de ses esclaves : Pierre d'Hauteville. Le connais-tu ?

Le jeune esclave fronça le nez puis répondit très vite :

— Bien sûr que je le connais. Si tu veux délivrer Pierre, je peux t'aider à une condition... c'est qu'ensuite tu m'emmènes avec toi en mer.

Le capitaine lâcha l'enfant et se releva rapidement.

— Il n'en est pas question, répondit-il. Mais je pourrais te permettre de retrouver toi aussi ta liberté. Je te laisserai dans un endroit sûr, un peu plus à l'est d'El Djazaïr, sur la côte, à un chamelier de ma connaissance qui te donnera un chameau et des vivres. Tu pourras t'enfuir vers le sud... Vers le désert...

Puis, voyant le regard suspicieux de l'enfant, Bastien ajouta :

— Je n'ai qu'une parole. Je tiendrai mes engagements !

Un peu déçu par la réponse du capitaine, Aziz accepta tout de même la proposition. Il réfléchit quelques secondes et demanda :

— D'accord, mais comment comptes-tu t'y prendre pour nous délivrer ?

En réalité, Bastien n'avait pas vraiment pensé à son plan d'action. Il improvisa :

— Je viendrai cette nuit, accompagné de deux marins. Nous serons devant la maison à minuit. Lorsque tout le monde dormira, tu viendras nous ouvrir la porte, accompagné de Pierre.

— C'est impossible ! Le maître prend la clef chaque soir après avoir vérifié que la porte est bien fermée, et il la dépose sous son oreiller. De plus, il y a un garde armé qui dort au pied de son lit. Alors, je ne pourrai pas t'ouvrir la porte !

La logique de l'enfant désarma le capitaine qui se reprit rapidement.

— Bon. Eh bien, il y a sûrement un autre moyen ?

Ils étaient tous les deux assis dans le renfoncement d'un mur, et personne ne pouvait les voir ni les entendre. Le capitaine reprit le papier des mains d'Aziz et considéra le dessin.

— Y a-t-il une ouverture ? Une fenêtre ?

— Ah ! des fenêtres, il y en a beaucoup, mais toutes celles qui donnent sur l'extérieur sont condamnées par des grilles en fer forgé !

Le capitaine semblait énervé. Soudain, une lueur passa dans le regard du gamin :

— Je crois que j'ai une solution. Si tu montes sur le toit, du côté de la chambre des esclaves, nous pourrons t'attendre juste en dessous. Alors, tu nous lanceras une corde et nous te rejoindrons. C'est très simple, la chambre donne sur une toute petite ruelle. Il est très rare que quelqu'un emprunte ce passage ; la ruelle est toujours déserte.

Le capitaine vérifia à nouveau le plan.

— Effectivement, c'est tout à fait possible. À condition d'être agile. L'un de mes marins montera sur le toit. Et je vous attendrai de l'autre côté du mur. Il faut que tu préviennes Pierre d'Hauteville.

Nous serons là ce soir, et nous appareillerons dans la nuit. Lorsque le vieillard découvrira votre fuite, nous serons loin.

Ils décidèrent de se retrouver à deux heures du matin et se séparèrent. Le jeune se dirigea d'un pas leste vers le marché et le capitaine reprit tranquillement le chemin du port.

Lorsqu'Aziz revint à la maison, il referma doucement la porte derrière lui, puis courut vers la cuisine où il savait trouver Pierre et Lygaya qui déjeunaient. Il s'approcha d'eux et tout en se servant d'un plat de semoule, chuchota quelques mots à l'oreille de Pierre. Surpris par ce qu'il venait d'entendre, Pierre faillit laisser tomber son gobelet. Il écarquilla ses grands yeux bleus et, reprenant ses esprits, se pencha vers Aziz. Il demanda doucement :

— Es-tu sûr ?

Avant de répondre, Aziz regarda rapidement autour de lui.

— Oui, j'ai rencontré l'homme qui a acheté Geoffroy, hier. Après le déjeuner, retrouvons-nous près de la fontaine, dans le deuxième jardin. Je t'expliquerai le plan.

Voyant l'émotion de son ami, Lygaya demanda :

— Que se passe-t-il ?

— Quelqu'un vient nous libérer cette nuit, répondit Pierre rapidement.

Lygaya n'en croyait pas ses oreilles. Impatient, il voulut en savoir plus. Pierre lui fit signe de se taire et les deux jeunes terminèrent calmement leur repas. Après déjeuner, Pierre entraîna Lygaya dans le deuxième jardin. Ils y retrouvèrent Aziz qui leur raconta sa rencontre matinale avec Bastien, le capitaine du navire négrier. Il leur expliqua en détail le plan qui devait les aider à retrouver leur liberté. Pierre était enthousiaste, à l'inverse de Lygaya qui ne disait rien. Pierre remarqua le visage fermé de son ami et s'en inquiéta :

— Lygaya, tu ne dis rien ! Te rends-tu compte que nous allons fuir la nuit prochaine ?

Les grands yeux noirs de Lygaya se posèrent sur le visage de Pierre.

— Oui, je me rends compte que le capitaine du navire est venu te chercher, toi, Pierre d'Hauteville. Mais c'est avant tout un négrier. Si je viens avec vous, que m'arrivera-t-il? Sans doute voudra-t-il me revendre…

Dans sa joie de pouvoir fuir, Pierre n'avait pas pensé un seul instant à ce que cette fuite pouvait entraîner pour son ami.

— Tu peux fuir avec nous puis venir avec moi, dit Aziz. Nous irons vers le sud et tu retrouveras peut-être ta tribu…

— Et mes parents? demanda Lygaya.

Aziz et Pierre se regardèrent. Ils comprenaient la tristesse et le désarroi de leur ami ainsi que les questions qu'il se posait.

— De toutes façons, dit Pierre, il faut fuir cette maison. Après, nous verrons bien.

Puis, se tournant vers Aziz:

— Nous nous retrouverons cette nuit, à l'heure dite. Jusque-là, continuons notre travail comme si de rien n'était.

Après s'être séparés, ils reprirent chacun leur tâche quotidienne. Dans le jardin, Lygaya coupait quelques fleurs abîmées. Cette idée de s'enfuir lui plaisait beaucoup, mais il n'en comprenait pas vraiment l'intérêt pour lui-même. « Je vais être libre quelques heures ou quelques jours, puis à nouveau esclave à la Martinique ou peut-être même ailleurs, si le négrier le décide. Dois-je tenter ma chance et partir avec Aziz à la recherche de ma tribu ? Qui sait ? Peut-être serai-je repris ? Puis revendu à nouveau à un autre négrier qui me débarquera au Brésil, pour me vendre à un planteur comme Plunka, qui fait mourir ses esclaves les uns après les autres sous le fouet... Essayer de suivre Pierre ? Peut-être alors aurai-je une chance de revoir Sanala et Pinto ? Hum... C'est un peu comme le jeu des abias. On lance les petits morceaux de bois, mais l'on ne sait pas très bien comment ils vont retomber... » Absorbé dans ses pensées, Lygaya n'avait pas entendu le maître arriver derrière lui. Celui-ci s'approcha doucement de Lygaya et lui dit :

— Les fleurs sont de plus en plus belles, depuis que tu t'en occupes.

L'enfant noir sursauta et, pour ne pas montrer son trouble, s'accroupit pour nettoyer la base d'un rosier. Sans rien ajouter, le maître passa son chemin.

Au coucher du soleil, après que le vieillard eut vérifié une dernière fois la fermeture de la porte, les trois enfants se rendirent dans la chambre des esclaves. Allongés près des trois autres captifs, ils attendirent en silence l'heure de la fuite. Les autres dormaient. Vers deux heures du matin, un craquement éveilla l'attention d'Aziz.

— Je crois que j'ai entendu un bruit, chuchota-t-il.

Très doucement, Pierre se leva et se dirigea à pas de loup vers la porte. Aziz le suivait. Lygaya ne bougea pas. Les enfants se figèrent et restèrent à l'écoute. Soudain, un petit bruit sec retentit.

— On marche sur le toit, confirma Pierre.

Puis il se rapprocha de Lygaya.

— Viens, allons vers la porte, nous serons prêts à fuir lorsque le marin nous lancera la corde, dit-il.

— Je ne pars pas avec vous, chuchota Lygaya.

Cette réponse paralysa Pierre.

— Mais tu ne peux pas rester ici...

— Pourquoi partirais-je ? Pour être ailleurs ce que je suis ici, un esclave ?

Sans réfléchir, Pierre répondit dans un souffle.

— Pour Sanala et Pinto, pour tes parents qui doivent s'inquiéter…

Lygaya se leva alors lentement et le suivit. À peine venaient-ils d'atteindre la porte qu'une corde sembla tomber du ciel devant le nez d'Aziz. Rapidement, le jeune Arabe s'en empara. Sur le toit, un solide matelot avait attaché l'autre extrémité de la corde à l'un des quatre coins de la toiture.

— Je monte le premier, dit Aziz.

D'un signe de tête, Pierre approuva cette décision. Il savait qu'Aziz n'avait aucune confiance dans le capitaine négrier qui n'aurait pas hésité un instant à remonter la corde dès qu'il aurait libéré Pierre.

Lorsqu'Aziz eut disparu sur le toit, Pierre poussa Lygaya devant lui. Lygaya s'empara de la corde et se hissa immédiatement. Puis, à son tour, l'enfant blond grimpa le long de la corde.

Dans l'étroite ruelle, de l'autre côté du mur, le capitaine attendait. Une autre corde avait été installée pour aider les enfants à descendre. Les craintes d'Aziz étaient fondées : le capitaine lui demanda :

— Pourquoi Pierre n'est-il pas sorti le premier ?

Avec un petit sourire malicieux, Aziz répondit :

— Pour que tu respectes tes engagements, capitaine ! Il arrive !

Bastien eut un sourire satisfait qui se figea rapidement lorsqu'il vit descendre le long du mur la frêle silhouette de Lygaya.

— Qu'est-ce que c'est que ça ? marmonna-t-il.

— C'est Lygaya...

— Mais il n'était pas dans notre contrat, celui-là !

Il n'eut pas le temps de poser d'autres questions. Pierre, suivi du marin, glissait rapidement le long de la corde. Ils venaient à peine de poser les pieds sur le sol qu'une lueur éclaira les deux fenêtres de la chambre des esclaves.

Le capitaine mit son index sur sa bouche.

— Chut ! fit-il.

Puis, il fit signe de le suivre. Ils s'engagèrent sur la pointe des pieds sur l'étroit sentier qui longeait la maison et qui menait vers la ruelle centrale. Lorsqu'ils furent à quelques mètres de la bâtisse, le capitaine ordonna :

— Courons vite au port.

Les fugitifs détalèrent à toute vitesse. Ils venaient de disparaître dans le dédale tortueux des ruelles lorsque la porte de la demeure s'ouvrit sur quatre gardes armés, bien décidés à les retrouver.

Essoufflé par une course effrénée, talonné par les gardes qui se rapprochaient, le petit groupe arriva au centre de la ville endormie.

— Nous n'aurons pas le temps d'arriver au port, dit Bastien. Il faut nous réfugier dans un endroit sûr. Suivez-moi !

Bastien, qui avait tout prévu, les guida vers une impasse. Les enfants et le matelot, qui se crurent un instant perdus, eurent un soupir de soulagement lorsque la porte d'une petite maison s'ouvrit soudainement. Le capitaine poussa rapidement les jeunes à l'intérieur et, suivi du marin, entra à son tour. C'est un homme qui les accueillit : un prêtre trinitaire que Bastien avait rencontré la veille et à qui il avait demandé de l'aider si son plan ne fonctionnait pas.

Bien que petite et pauvrement meublée, la maison, où le prêtre vivait seul, était très accueillante et chaleureuse.

— Eh bien, mes enfants, vous l'avez échappé belle! Vous êtes en sécurité - maintenant, dit le prêtre.

Puis, s'adressant à Bastien:

— Nous allons attendre une heure, puis nous irons sur la petite plage, comme convenu. Nous passerons par la campagne.

Pendant ce temps, les gardes qui cherchaient toujours les fugitifs s'étaient rendus au port où normalement Bastien et les enfants auraient dû embarquer dans la chaloupe où les attendait un marin. Lorsque ce dernier vit arriver les hommes armés d'un sabre, il comprit que le plan de Bastien n'avait pas fonctionné. Sans faire de bruit, pour ne pas se faire remarquer, il s'éloigna rapidement dans la nuit enveloppante et longea la côte en direction d'une petite plage, comme le lui avait ordonné le capitaine.

Au bout d'une heure, le prêtre insista pour les accompagner à l'extérieur de la ville jusqu'à la crique où la barque les attendait.

— Tenez, dit-il à Bastien, enfilez ce burnous sur vos vêtements. Si nous croisons quelqu'un, il faut que nous passions inaperçus. Je marcherai devant vous, et si quelque chose me semble anormal, je vous préviendrai.

Le groupe s'engouffra dans une ruelle qui menait vers la campagne. Le silence qui les entourait n'était pas fait pour rassurer les jeunes garçons que le moindre bruit suspect faisait tressaillir. Après avoir marché presque une heure, ils arrivèrent enfin sur le lieu du rendez-vous. Le marin était là, tapi au fond de la chaloupe, caché derrière un énorme rocher. Bastien imita le hululement d'un hibou pour lui signaler leur présence. Lorsque ce dernier entendit le signal, il sortit de sa cachette et dirigea sa chaloupe vers la plage. Très rapidement, Bastien remercia le prêtre :

— Voici cent pièces d'or, dit-il, pour vous remercier de votre aide.

— Je n'ai fait que mon devoir, répondit le prêtre. Mais je vous remercie, car ces pièces d'or me serviront à racheter des captifs baptisés. Je vous souhaite un bon voyage, ajouta-t-il.

Puis, en silence et sans demander leur reste, Bastien et les trois enfants sautèrent rapidement dans l'embarcation.

Dans la nuit qui les enveloppait, matelot et capitaine ramaient de toutes leurs forces en direction du *Bordelais* ancré au loin.

Quinze minutes plus tard, les évadés étaient en sécurité sur le navire. Sans plus attendre, le capitaine donna l'ordre de lever l'ancre et de hisser les voiles. À l'aube de cette journée, un nouveau voyage commençait.

9

LIBRE OU ENCHAÎNÉ ?

Le bateau avait quitté la rade d'El Djazaïr et voguait depuis une heure sur une mer d'huile, en direction du détroit de Gibraltar. Bastien, affairé aux manœuvres du bateau, n'avait pas eu le temps de s'occuper des enfants. Ces derniers avaient tout simplement été conduits dans la cabine de Geoffroy où ils avaient reçu l'ordre de rester.

Bastien, depuis le départ, semblait ruminer sa colère. Il confia la barre à son second, en lui donnant les consignes indispensables pour tenir le cap. Puis il se dirigea d'un pas sûr vers la cabine où les enfants étaient réunis. Il poussa la porte avec force et entra.

— Alors maintenant, je veux des explications, dit-il. Qu'est-ce que c'est que ce négrillon qui a embarqué avec nous et qui a failli nous faire tuer ? Nous avions tout programmé et ce… a failli tout faire rater !

Voyant le courroux du capitaine, Lygaya se recroquevilla sur lui-même. C'est Pierre qui intervint :

— Monsieur, Lygaya est attaché à la plantation de mon père. C'est un esclave qui nous appartient. Nous sommes partis ensemble de la Martinique et…

— Et ce n'est pas une raison suffisante ! Tu aurais pu laisser ton esclave ! Je suppose que ton père en a d'autres ! De toutes façons, il ne peut rester ici. Il faut le mettre à fond de cale avec les autres.

Calmement, Geoffroy demanda :

— Quelle différence cela fait-il, qu'il soit ici ou avec les autres ?

Le regard vert de Bastien se planta dans celui bleu perçant du jeune garçon. Si l'enfant avait perdu de son arrogance, il n'en était pas moins resté fier. Il ne baissa pas les yeux et soutint le regard de Bastien. Ce dernier, rouge de colère, pensa rapidement à ses deux mille pièces d'or, somme qui devait être doublée dès leur arrivée à la Martinique. Il se radoucit.

— Bon. Après tout, s'il est venu avec nous de son plein gré, nous pouvons au moins être certains qu'il ne tentera pas de s'évader !

Puis, s'adressant à Aziz qu'il n'avait pu faire autrement que d'embarquer à bord :

— Quant à toi, j'ai peut-être une solution. Je te dois ta liberté ! Le cuisinier a besoin d'un aide...

Aziz soupira d'aise. Il allait enfin pouvoir voyager, voir du pays, même si les conditions qui lui étaient proposées n'étaient pas vraiment idylliques, il s'en accommoderait pour un temps. « Je verrai plus tard », se dit-il.

— Bon, en voilà assez ! continua Bastien. Je n'ai pas que ça à faire...

Il sortit, laissant les quatre enfants heureux : Pierre et Geoffroy parce qu'ils étaient enfin libres, Lygaya parce qu'il était assuré de revoir Sanala et Pinto, Aziz parce qu'il avait gagné sa liberté.

Excités par toutes les aventures qu'ils venaient de vivre, ils eurent du mal à s'endormir à l'aube naissante. Lorsqu'ils s'éveillèrent, la journée était déjà bien avancée et le navire voguait en haute mer. Ils décidèrent de monter sur le pont, où l'un des matelots leur apporta quelques biscuits et du riz. S'adressant au marin, Aziz demanda :

— Où sommes-nous ?

— Nous avons passé le détroit de Gibraltar et quitté la mer Méditerranée pour entrer dans l'océan Atlantique. Les vents nous mèneront rapidement vers les Antilles.

C'était la première fois qu'Aziz entendait parler de l'océan Atlantique et des Antilles. Impressionné par ce que lui disait le marin, il voulut en savoir plus, posa des questions, demanda même au matelot de lui faire un dessin. Il découvrit alors qu'El Djazaïr, qui avait été son seul univers jusqu'à présent, n'était qu'un point sur la carte du monde que lui avait rapidement dessinée le marin. Il faut dire qu'Aziz n'était jamais sorti de la ville où il était né. Alors qu'il n'avait que six ans, ses parents, natifs d'un village tranquille du Sud de l'Algérie, moururent à quelques mois d'intervalle d'une violente fièvre. C'est une vieille femme, trop pauvre pour s'en occuper, qui avait recueilli l'enfant et l'avait vendu un an plus tard au vieux marchand turc.

Près d'eux, Lygaya était songeur. Il ne pouvait oublier tous les esclaves entassés dans l'entrepont, voyageant sur le même bateau qu'eux dans des conditions inhumaines, comme lui-même l'avait déjà fait à deux reprises. Son impuissance face à cette situation le rendait encore plus triste. Tout le temps que dura le voyage, il n'afficha aucun sourire. Lorsqu'il fit part de sa tristesse à ses compagnons, ceux-ci comprirent combien devait être grande sa douleur de rejoindre sa triste condition d'esclave.

Le vaisseau navigua soixante-cinq jours, jusqu'à cette matinée merveilleuse où le cri de la vigie, porté par le vent, retentit à travers le bateau.

— Terre! La terre!

Ce jour-là, Lygaya participa aussi à la joie des marins. Même si cette terre n'était pas la sienne, ses parents l'y attendaient. «Qu'importe l'endroit où je suis né, ce qui compte c'est que je sois auprès des miens, près de Sanala et de Pinto, près de mon père et de ma mère.»

Pierre, Geoffroy et Lygaya s'accoudèrent ensemble à la balustrade du navire. Au loin, la montagne Pelée approchait lentement, avec à ses pieds la ville portuaire de Saint-Pierre qui s'étalait le long de la vaste baie. Geoffroy et Pierre pleuraient de joie.

— Je savais que je reviendrais. La légende disait vrai, murmura Pierre entre deux sanglots.

Comme tous les navires qui ancraient dans le port, le *Bordelais* fut mis en quarantaine. Ces quarante jours parurent une éternité aux enfants qui n'avaient qu'une hâte, retrouver leur famille. Le quarante et unième jour, des chaloupes avancèrent lentement vers le bateau. À leur bord, des planteurs qui venaient assister à la vente de la cargaison. Dans la première chaloupe, deux hommes silencieux étaient assis, impatients d'aborder le navire. Le médecin du port les avait prévenus que leurs enfants étaient à bord. Il avait aussi parlé à Plunka des vilaines cicatrices qui striaient le dos de son fils.

Lorsque la chaloupe arriva près du *Bordelais*, c'est le capitaine Bastien qui aida les deux hommes à grimper à bord.

— Messieurs, bienvenue à…

Il n'eut pas le temps de terminer. Pierre et Geoffroy se précipitèrent dans les bras de leur père respectif. Discret, Lygaya attendait à l'écart. Charles ne l'avait pas remarqué. C'est Bastien qui rompit l'émotion du moment en se tournant vers Charles d'Hauteville :

— Notre contrat précisait mille pièces d'or par enfant. Vous ne m'aviez pas annoncé qu'il y en avait un troisième… un esclave de surcroît ! dit-il en pointant Lygaya. Alors ? Que faisons-nous ? Le voulez-vous ou dois-je le garder ? Je pourrais toujours le revendre…

Charles dévisagea son fils. La petite cicatrice en forme d'étoile qui s'étalait au milieu du front de Pierre lui rappela la fidélité de Lygaya. Néanmoins, il n'était pas question pour lui de payer mille pièces supplémentaires pour un esclave. C'est Plunka qui sauva la situation en lançant une bourse à Bastien.

— Voici les deux mille pièces que je vous avais promises. Elles viennent doubler vos gains. Et mille pièces que nous vous devions. Vous avez largement amorti votre voyage ! Oublions donc cette stupide histoire d'esclave, voulez-vous ?

Bastien hocha la tête en signe d'assentiment. Il leva ses sourcils et glissa la bourse à l'intérieur de sa chemise. Lygaya comprit qu'il allait, lui aussi, pouvoir retrouver les siens, grâce à l'homme que l'on appelait « le tueur d'esclaves ».

Une fois l'argent en sécurité, Bastien décida qu'il était temps pour lui de reprendre son travail… celui de négrier. Il prit congé de Charles, de Plunka et de leurs enfants, puis, sans plus attendre, ordonna que la vente des esclaves commence sur le pont du navire.

Dix minutes plus tard, les deux planteurs, leurs enfants et Lygaya, accostèrent enfin à Saint-Pierre. Geoffroy et Pierre soupirèrent de soulagement. Leurs visages radieux témoignaient de la joie intense qu'ils éprouvaient en retrouvant les odeurs, les couleurs et les parfums de leur enfance… l'ambiance de leur île !

Puis arriva le moment pour eux de se séparer. Geoffroy embrassa Pierre et fit un geste qui, autrefois, aurait rempli son père d'effroi : il serra tout simplement la main de Lygaya. Gêné, Plunka détourna le regard. Tous promirent de se revoir. Charles, Pierre et Lygaya s'avancèrent ensuite vers l'attelage qui devait les ramener à la plantation. Le vieux Simbo attendait, assis sur le siège avant de la voiture. Lorsqu'il vit Lygaya s'approcher, il ne put contenir son émotion et se mit à pleurer. Le jeune esclave l'embrassa tendrement, puis s'installa à ses côtés, à l'avant.

Sur le chemin qui menait à la plantation, Pierre racontait avec force détails l'horrible aventure qu'ils avaient vécue. Il parla de Geoffroy, des humiliations de l'esclavage, des coups de fouet. Il parla du vieillard, des cours de français, de la peur qu'il avait éprouvée d'être séparé de Lygaya, la seule personne qui, par sa présence, le rassurait. Charles l'écoutait sans l'interrompre. Il découvrait un nouveau fils; Pierre était complètement transformé. Il est vrai que durant ces presque deux années d'absence, l'enfant s'était métamorphosé en un adolescent solide.

Ils arrivèrent enfin à la plantation. Dès qu'elles entendirent le bruit de l'attelage, la tante Marie et Juliette accoururent à la rencontre de la voiture. Elles se précipitèrent vers Pierre. La tante Marie ne put retenir sa surprise :

— Mais comme il a changé ! s'exclama-t-elle.

Sanala, qui savait que le jeune maître devait arriver ce jour-là, s'approcha du perron. Elle avait depuis longtemps perdu tout espoir de revoir son fils. Quelle ne fut pas sa surprise en découvrant un grand garçon noir qui sautait lestement de l'attelage pour aider le vieux Simbo à descendre. Un instant, elle n'osa y croire. Puis, lorsqu'elle fut sûre d'avoir reconnu la silhouette de son fils, elle ne put se retenir et courut se jeter dans ses bras. Lygaya la serra très fort. Il lui sembla que Sanala était plus petite qu'autrefois. En réalité, il avait grandi et dépassait sa mère d'une tête.

Exceptionnellement, ce soir-là, le quartier des esclaves vibra toute la nuit au son des tambours et des chants. La case familiale retrouva une atmosphère joyeuse. Pinto s'endormit heureux. Quant à Lygaya, allongé dans le noir sur sa paillasse, il pensait à ses parents :

«Comme ils ont vieilli! Ils sont usés par les travaux et la douleur de l'esclavage…» se dit-il.

Dès le lendemain, la vie quotidienne reprit son cours à la plantation. Lygaya retrouva l'écurie et de nouvelles bêtes. Il partit, comme autrefois, pour une longue promenade à cheval sur la plage, avec Pierre.

Parfois, Geoffroy leur rendait visite. Ils allaient alors ensemble sur la plage et restaient des heures, assis au bord de l'eau. Chacun parlait de ses impressions et se remémorait des souvenirs heureux ou malheureux. Un jour, Geoffroy arriva à la plantation porteur d'une nouvelle qui étonna tout le monde:

— Mon père a décidé qu'à sa mort, tous les esclaves de la plantation seraient affranchis! Il a notifié cela dans son testament.

Même Charles n'arrivait pas à y croire. Cette décision subite, de la part d'un homme aussi inflexible que Plunka, lui rappela la triste aventure vécue par Pierre.

Cinq mois passèrent ainsi, jusqu'à ce jour d'avril 1783 où Charles reçut une lettre en provenance de France, signée par l'un de ses cousins. La missive précisait que Charles et son fils étaient les bienvenus à Paris. Cette proposition arrivait à point et Charles s'en expliqua à Pierre :

— Les deux dernières récoltes ont été désastreuses et j'ai perdu beaucoup d'argent. Mon cousin me propose de l'aider dans ses affaires, à Bordeaux. C'est pourquoi j'ai l'intention d'aller passer quelques mois en France. Nous partirons ensemble, le mois prochain. Nous y resterons six ou huit mois puis, si tout se passe bien, nous reviendrons à la Martinique. Cela te permettra d'étudier dans une institution française et de te familiariser avec le travail de négociant.

Pierre, qui s'était endurci, approuva simplement la décision de son père. Il savait combien ces deux dernières années, difficiles pour Charles, avaient cruellement affecté les finances familiales. Il s'était rendu compte que les fastes d'antan avaient disparu et que son père, soucieux de l'avenir de la plantation, était continuellement plongé dans ses comptes.

Lorsque Lygaya apprit le départ imminent de Pierre, il comprit qu'une page de sa vie allait définitivement être tournée. Quelque chose lui disait que, cette fois-ci, leur séparation serait définitive.

Un mois plus tard, après avoir confié la responsabilité de la plantation à son secrétaire et comptable et donné des ordres aux deux commandeurs qui s'occupaient de la bonne marche de la sucrerie, Charles embarquait avec son fils sur un navire qui devait les conduire en France.

Le jour du départ, Pierre serra Lygaya dans ses bras et lui dit :

— Quoi qu'il arrive, je n'oublierai jamais les moments que nous avons passés ensemble... Tu m'as beaucoup appris. Merci.

Ému, Lygaya ne sut que répondre. Au loin, le sommet de la montagne Pelée était couvert de gros nuages. Ensemble, les deux enfants tournèrent leur regard vers elle. Ils comprirent alors qu'ils se voyaient pour la dernière fois.

10

Un homme d'honneur

Les mois passèrent. Trois mois, six mois, huit mois. La vie à la plantation était bien triste depuis le départ de Pierre. Lygaya avait repris son travail habituel, sous l'œil vigilant des deux commandeurs auxquels Charles d'Hauteville avait recommandé de prendre soin des esclaves durant son absence. Bien sûr, pour Lygaya, il n'était plus question de longues balades à cheval ni de promenades nocturnes à travers les champs de canne à sucre. Ses journées étaient bien trop remplies par ses nombreuses tâches quotidiennes.

Une fois par mois, la tante Marie venait à la plantation pour vérifier l'état des comptes. Elle y restait une journée ou deux, puis repartait. Un matin, elle arriva accompagnée d'un inconnu. Ensemble, ils firent le tour de la maison, visitèrent le quartier des esclaves, et partirent en voiture attelée à travers les champs. Lygaya demanda à Simbo ce que cette visite signifiait. Embarrassé, le vieil homme ne répondit pas immédiatement. Lygaya insista.

— Que se passe-t-il, Simbo? Tu me caches quelque chose. Depuis une semaine, j'ai l'impression que tu m'évites...

Le vieil esclave entoura simplement les épaules de Lygaya et répondit:

— Le maître a décidé de vendre la plantation. Pierre a été très malade en France et son état général ne lui permet pas de revenir pour l'instant. Le maître préfère rester auprès de son fils. Et puis la tante Marie ne peut pas s'occuper seule de la plantation. L'homme que tu as vu est notre prochain maître. C'est un planteur de l'est de l'île. Un ami de Charles d'Hauteville. On dit qu'il est généreux.

En parlant, Simbo regardait au loin, comme s'il voulait éviter le regard de Lygaya.

— Et qu'adviendra-t-il de nous? demanda Lygaya.

Simbo passa sa main noueuse sur son visage, pour essuyer les quelques gouttes de sueur qui perlaient. Il réfléchit un instant.

— Nous sommes sur l'inventaire, après les animaux, ce qui veut dire que tu coûtes moins cher que l'un des chevaux que tu soignes. Si le nouveau maître le décide, nous resterons ici. Nous travaillerons, comme d'habitude. Mais il voudra peut-être se séparer de certains d'entre nous. Nul ne peut dire ce que nous allons devenir...

Puis, prétextant un travail à accomplir, Simbo laissa Lygaya face à ses incertitudes.

Seul au centre de la pelouse, Lygaya pensa à Pierre. Comme autrefois, il ferma les yeux pour retrouver dans sa mémoire le visage souriant de son ami. Il les rouvrit, et la triste réalité lui apparut. Il ne reverrait plus jamais Pierre. Alors, il s'assit dans l'herbe grasse et se mit à sangloter, comme lorsqu'il était enfant. Il resta ainsi cinq ou six minutes avec son chagrin, puis se releva et marcha tristement vers l'écurie.

Ce qu'avait prévu Simbo arriva une semaine plus tard. Un après-midi du mois de décembre, un peu avant Noël, une voiture s'arrêta devant la maison. Le planteur qui avait visité la plantation quelques jours avant en descendit, accompagné d'une femme et d'un jeune adolescent. Ils pénétrèrent dans la demeure où le secrétaire de Charles d'Hauteville les attendait.

Vingt minutes plus tard, Sanala se précipita dans l'écurie affolée.

— Que t'arrive-t-il? demanda Lygaya

— Le nouveau maître… je l'ai entendu. Il a dit qu'il allait se débarrasser de certains esclaves.

— A-t-il dit pourquoi?

— Oui. Il n'a racheté qu'une partie des terres. Alors, il y aura trop d'esclaves à son service! Je suis si inquiète!

Lygaya tenta de la rassurer, puis lui conseilla de retourner glaner des informations. Il savait que leur sort était lié au bon vouloir de leur nouveau maître, mais il ne voulait pas penser un seul instant qu'il pourrait, à nouveau, être séparé de sa famille.

Le lendemain, au petit matin, tous les esclaves furent rassemblés devant la sucrerie. Le nouveau maître, accompagné de l'un des commandeurs, les inspecta les uns après les autres. De temps à autre, il s'arrêtait et faisait quelques commentaires.

— Nous allons garder les vieux. Nous leur donnerons des tâches domestiques. Les jeunes seront affectés à la sucrerie et aux travaux des champs. Je garde les domestiques de la cuisine et de la maison. Les enfants peuvent travailler comme les adultes. Ils sont robustes !

En parlant, il avançait parmi les esclaves. Lorsqu'il arriva à la hauteur de Lygaya, il s'arrêta à nouveau, le dévisagea et demanda au commandeur :

— N'est-ce pas le jeune esclave dont m'a parlé Charles d'Hauteville ?

— Oui, en effet, il s'agit du jeune esclave que Charles d'Hauteville vous a recommandé dans le contrat de vente. Il souhaitait qu'il reste à la plantation avec sa famille.

— Oui... je sais, répondit le maître, d'un air ennuyé. Nous verrons cela plus tard. Je ne veux pas prendre de décision hâtive, mais je pense qu'il serait préférable de nous en séparer.

— Mais, monsieur, intervint le commandeur, vous avez donné votre parole à monsieur d'Hauteville.

Le maître s'arrêta un instant, toisa le commandeur et répondit d'un ton sec:

— Je n'ai pas de leçon à recevoir. Je pense que ce jeune esclave doit quitter la plantation, il était trop lié au jeune Pierre d'Hauteville. Trop de mauvaises habitudes. Il partira dès demain à la vente, avec ceux que nous allons désigner. C'est tout!

Le commandeur n'osa rien ajouter. Il continua l'inspection avec son nouveau patron.

Sanala, Pinto et Lygaya, qui avaient assisté à la scène, se rapprochèrent. Pinto entoura de son bras les épaules de son fils, alors que Sanala, en larmes, cachait son visage sur la poitrine de Lygaya.

Ce soir-là, une grande tristesse envahit le quartier des esclaves. Des familles étaient à nouveau désunies, des mères pleuraient, des hommes faisaient leurs adieux à leurs proches. Dans la case de Lygaya, Sanala ne pouvait contenir son chagrin et pleurait dans les bras d'Anama. Pinto, allongé sur sa paillasse, les yeux grands ouverts, parlait à son fils :

— C'est la dernière nuit que nous passons ensemble... Tu te souviens, dans notre village, avant notre malheur, tu attendais l'heure de ton initiation. Tu te posais des questions sur ce qui allait t'arriver... Aujourd'hui, tu te poses certainement les mêmes questions ?

— Pas tout à fait les mêmes, répondit Lygaya. Aujourd'hui, je me demande qui va m'acheter demain... Un planteur ? Un tueur d'esclaves peut-être ? Dans notre village, je n'avais pas peur. J'étais curieux, anxieux mais confiant. Alors qu'aujourd'hui, je connais la peur.

Sanala passa la nuit à pleurer près d'Anama qui la consolait, tandis que Pinto et Lygaya parlèrent jusqu'au matin. Pinto racontait le village africain, son enfance, les animaux. Il parlait des grands-parents de Lygaya, de ses ancêtres... Au chant du coq, Lygaya embrassa une dernière fois sa mère. Il la serra aussi fort qu'il le put dans ses bras, comme s'il voulait s'imprégner à jamais de son odeur. Il lui glissa quelques mots en bantou, dans le creux de l'oreille. Les mêmes que Sanala lui avait murmurés, le jour de son premier départ:

— Même si je suis loin de toi, tu seras toujours dans mon cœur.

Puis, Pinto enlaça son fils, l'embrassa et lui dit:

— Un jour, tous les hommes seront libres. Si ce n'est pas toi, ce seront tes enfants et si tes enfants ne connaissent pas la liberté, il faut te dire que tes petits-enfants la connaîtront. Pour pouvoir lutter contre ce qui fait mal, il faut croire en l'avenir, garder l'espoir de jours meilleurs. Un jour, Lygaya, tous les hommes seront libres et égaux. Va! Et ne perds pas courage, aie confiance en l'avenir.

Après les adieux à ses parents, Lygaya rejoignit les autres esclaves, près des commandeurs qui attendaient que le nouveau maître donne le départ pour Saint-Pierre, pour le marché aux esclaves.

Devant la porte de la grande maison, le vieux Simbo, en larmes, tenait la main rassurante d'Anna, la cuisinière. Lygaya leur adressa un petit signe, avant qu'une corde vienne entraver ses poignets. Le petit groupe, composé d'une dizaine d'esclaves, se mit en route pour Saint-Pierre, suivi par une voiture attelée à l'intérieur de laquelle le nouveau maître de la plantation d'Hauteville avait pris place.

Après plusieurs étapes, ils arrivèrent à Saint-Pierre. Épuisés par deux jours de marche, les esclaves ne purent se reposer que trois heures. Puis, la vente commença. Lygaya regardait autour de lui. Des hommes et des femmes formaient un cercle autour du groupe d'esclaves qui devait être vendus. Un homme, chargé de présenter la marchandise, annonçait le nom du vendeur et le prix de chaque esclave. Un peu en retrait, le nouveau propriétaire de la plantation d'Hauteville attendait les résultats de la vente. Les yeux de Lygaya se fixèrent un instant sur lui. Se sentant observé, l'homme qui n'avait pas respecté la parole donnée à Charles d'Hauteville, tourna son regard vers Lygaya. Ce dernier baissa la tête.

Le jeune esclave était plongé dans ses pensées lorsqu'il entendit prononcer le nom de la plantation d'Hauteville. Prestement, il releva la tête. Au même moment, l'homme chargé de la vente s'approcha de lui, l'attira au centre du cercle et cria :

— Voici un jeune esclave. Il est à vendre par le nouveau propriétaire de la plantation d'Hauteville. Le vendeur en veut cent piastres. Allons, messieurs, cent piastres : ce négrillon est un excellent palefrenier ! Fidèle... Voyez, il est jeune, bien sain. Cent vingt piastres, ici... Remarquez, messieurs, comme il est fort et bien portant. Il peut faire de nombreux travaux... Cent quarante piastres, là...

Les prix montaient au fur et à mesure que l'homme vantait la marchandise...

Pendant qu'il faisait son boniment, des acheteurs intéressés s'approchaient de Lygaya pour tâter ses bras, ses jambes, regarder sa dentition, ses yeux et constater que « la marchandise » était de bonne qualité. Humilié, Lygaya ne bougeait pas. Il se contenta de serrer très fort ses poings solidement attachés par une corde.

Alors que les enchères continuaient, le jeune esclave remarqua un visage familier dans la foule qui l'entourait. Il reconnut la tante Marie, accompagnée d'un homme. Lorsqu'elle aperçut Lygaya, au centre du cercle, elle s'arrêta un instant, se pencha vers l'homme qui l'accompagnait et lui dit quelques mots. Celui-ci prit un air étonné, leva la main et annonça :

— Cent quatre-vingts piastres…

Tous les regards se tournèrent vers lui. Grand, les cheveux bruns, les yeux dorés, il devait avoir trente-cinq ans et ses vêtements de bonne coupe laissaient supposer sa fortune. À l'annonce de ce prix, fort élevé pour un esclave, les acheteurs potentiels n'insistèrent pas et se dispersèrent rapidement, laissant Lygaya seul au milieu du cercle. Son nouveau propriétaire se fraya un chemin à travers la foule et se dirigea fièrement vers l'homme qui avait racheté la plantation d'Hauteville. Il sortit une bourse, lui présenta et dit :

— Voici, monsieur, le prix de votre esclave. Je suis un ami de la famille d'Hauteville. Pour vous dire, monsieur, que je suis un homme d'honneur…

Puis, sans attendre de réponse, il tourna les talons et avança lentement vers la tante Marie qui n'avait pas bougé. Abritée sous la dentelle d'une ombrelle, elle attendait, le regard lointain, paraissant ignorer ce qui se passait autour d'elle. Après que l'étranger eut signé le registre des ventes, Lygaya lui fut amené poings liés. L'homme, qui s'était rapproché de la tante Marie, lui fit signe de les suivre. Ensemble, ils traversèrent la place animée du marché de Saint-Pierre. Lygaya marchait à quelques mètres derrière eux. Suffisamment près toutefois, pour entendre leur conversation.

— Jean, je vous remercie pour votre geste. Ce négrillon a sauvé mon neveu et Charles d'Hauteville souhaitait qu'il puisse rester à la plantation. Vous connaissez Charles, n'est-ce-pas ? Il aurait désapprouvé que ce petit nègre soit vendu à n'importe qui. La providence a voulu que nous assistions par hasard à cette vente. Les dernières nouvelles que nous avons eues de Charles disaient que Pierre allait de mieux en mieux. Ce pauvre enfant a bien failli mourir. C'est un enfant très sensible, il sera ravi de

savoir que vous avez acheté cet esclave.
Merci beaucoup, Jean.

— N'en parlons plus. J'embarquerai le
négrillon avec moi demain matin à l'aube.
C'est un bateau anglais qui nous mènera
au Canada. Nous le rejoindrons au large.
La surprise de mon oncle à Québec sera
grande lorsqu'il verra l'étrange cadeau
que je lui ramène des Antilles, ajouta-t-il
en riant.

Ils arrivèrent devant la superbe maison
de la tante Marie et pénétrèrent dans
le parc. L'un des domestiques, un vieil
esclave, vint chercher Lygaya pour le
conduire à l'écurie. Il lui demanda, en
détachant ses liens :

— Eh bien, comment se fait-il que tu
sois ici ? N'appartiens-tu pas à la plantation d'Hauteville ? La dernière fois que je
t'ai vu, tu étais avec le jeune Pierre…

Lygaya lui raconta son histoire et lui
posa quelques questions sur son nouveau
maître, celui que l'on appelait Jean.

Le vieil homme le rassura immédiatement :

— C'est un homme très doux et très
gentil. Il épousera sûrement Juliette,
un jour. C'est un ami de la famille, un

négociant qui vit au Canada avec un vieil oncle. On dit qu'il a du cœur et qu'il est juste. Il s'appelle Jean Desfontaines. J'ai entendu dire qu'il repartait demain matin à l'aube… Je vais te chercher du riz pour ton repas, ajouta-t-il en disparaissant rapidement.

Rassuré mais désorienté, Lygaya s'assit sur la paillasse que lui avait indiquée le vieil esclave. En attendant son retour, il réfléchissait à son avenir. «Quelle est cette terre que je vais découvrir? Je n'ai jamais entendu parler de ce Canada. Vais-je devoir encore une fois traverser l'océan, connaître la tempête, les pirates? Qu'est-ce que ce pays va m'offrir?» se demandait-il.

Dix minutes plus tard, le vieil homme réapparaissait, portant une calebasse remplie de riz accompagnée de deux galettes. En mangeant de bon appétit, Lygaya pensait à ce que venait de lui dire l'esclave. «Si Juliette devient la femme de Jean Desfontaines, peut-être alors viendra-t-elle vivre aussi au Canada…» Épuisé par ces quatre jours, Lygaya s'allongea sur la paille fraîche et s'endormit.

11

LE CANADA

Le lendemain, alors que le soleil se levait, Jean Desfontaines arrivait au port de Saint-Pierre, suivi de Lygaya. Deux marins les attendaient pour les conduire à bord d'une goélette, ancrée au beau milieu de la baie.

Lorsqu'ils montèrent à bord, le capitaine ordonna à un marin :

— Descends l'esclave dans l'entrepont.

Lygaya savait ce que cela voulait dire. L'entrepont... Les esclaves. Il fut surpris de découvrir, dans le ventre du navire, non pas des esclaves, mais des barils de sucre, du rhum, du tabac. Le second lui entrava les chevilles avec de lourdes chaînes, solidement rivées à l'un des piliers de soutènement du bateau, puis il referma la porte, le laissant seul dans l'obscurité. À la fin de la matinée, le vaisseau naviguait vers le large.

Toutes les six heures, un marin venait chercher Lygaya pour le mener sur le pont. Cela lui permettait de respirer, de se dégourdir les jambes et de manger le manioc qui lui était servi. Ce voyage ne dura pas très longtemps, car au bout de trois jours, Lygaya fut tiré de son sommeil en pleine nuit. On l'amena sur le pont où Jean l'attendait. Lygaya aperçut, non loin, la forme d'un autre bateau, toutes voiles baissées, qui semblait attendre. Voyant son regard interrogateur, Jean le rassura. Lygaya comprit alors qu'ils allaient être transbordés sur le navire silencieux que les rayons de lune faisaient ressembler à un vaisseau fantôme. Ils grimpèrent rapidement à bord.

Le capitaine s'adressa à Jean tout d'abord dans une langue inconnue de Lygaya, puis il lui dit en français avec un très fort accent :

— Nous serons à Québec dans trois semaines, au début du mois de novembre. Votre esclave sera installé dans l'entre-pont avec les marchandises. Un matelot lui donnera des vêtements chauds et une couverture.

Durant ces trois semaines de traversée, Lygaya put aller et venir librement sur le pont. Il ne rejoignait l'entrepont que le soir, pour se coucher. On lui avait remis des vêtements chauds. Un pantalon, une grosse chemise et une vieille veste trop grande pour lui. Autour de lui, tous les hommes parlaient anglais. « Il va falloir que j'apprenne cette langue… » pensa Lygaya, qui se demandait ce que la ville de Québec lui réservait.

Après que la terre fut annoncée, le bateau entra dans l'embouchure d'un immense fleuve qui semblait comme une mer intérieure. Le fleuve Saint-Laurent. À mesure qu'ils approchaient de Québec, Lygaya découvrait de nouveaux paysages qui ne ressemblaient en rien à ceux qu'il avait pu voir auparavant. Des conifères, des érables, une végétation dense, aussi luxuriante que celle des îles, mais plus touffue et chargée de couleurs.

Lorsqu'ils arrivèrent en vue du port de Québec, en novembre 1783, la ville qui se découpait au loin impressionna immédiatement le jeune esclave. De magnifiques couleurs composaient le paysage : du rouge, du jaune, un peu de vert, du violet. Tout cela se découpait sur un ciel bleu azur qu'aucun nuage ne venait troubler. La ville, corsetée de remparts, était construite au bord du fleuve qui se rétrécissait à cet endroit. Elle était dominée par une immense bâtisse surmontée d'un clocher. Sur ce que l'on appelait le cap aux Diamants, on pouvait apercevoir une citadelle qui surplombait fièrement le paysage.

Lorsqu'ils eurent débarqué, Jean Desfontaines retrouva le secrétaire de son oncle qui les attendait dans le tumulte du port. Jean paraissait heureux de le revoir.

— Alors, quelles sont les nouvelles ? lui demanda-t-il.

— Hélas, bien tristes, monsieur, répondit le secrétaire. Une nouvelle maladie semble s'emparer d'une grande partie de la population. On l'appelle la fièvre rouge. Beaucoup sont morts.

Cette nouvelle attrista Jean qui s'inquiéta de l'état de santé de son oncle.

— Rassurez-vous, monsieur, votre oncle est en excellente santé. Il se désole seulement de l'état de son commerce.

— J'ai avec moi un jeune esclave qui lui rendra de bien grands services, répondit Jean en désignant Lygaya.

Ils s'installèrent dans une voiture attelée et traversèrent la ville animée qui, bien que plus importante que Saint-Pierre, était moins colorée, plus grise, plus sévère. Les maisons, construites en pierres, semblaient beaucoup plus cossues à Lygaya que celles de la Martinique. La voiture se dirigea vers ce que l'on appelait le quartier de la Basse-Ville où vivaient de nombreux négociants et artisans. Une activité extraordinaire animait ce quartier qui vivait au rythme du commerce.

— L'hiver n'a pas commencé ? s'enquit Jean.

— Non, monsieur. Les nuits sont froides, mais les journées sont supportables.

Enfin, la voiture s'arrêta devant une très jolie maison plantée au milieu d'un parc d'où l'on pouvait admirer l'impressionnante majesté du fleuve Saint-Laurent.

Monsieur Desfontaines vint à la rencontre de Jean.

— Jean! Enfin, te voilà! Bienvenue, mon cher enfant! Je suis ravi de te revoir. Viens vite me raconter ton voyage.

Son regard stupéfait s'arrêta un instant sur Lygaya.

— Qui est ce jeune nègre? demanda-t-il.

— Une longue histoire, mon oncle... J'ai acheté cet esclave pour vous. Il vous sera d'une grande utilité. C'est un excellent palefrenier. C'est mon cadeau!

— Je te remercie, mais tu aurais pu trouver un cadeau moins encombrant, tout de même! répondit en riant le vieil homme. Puis, s'adressant à son secrétaire:

— Accompagnez donc cet esclave à la cuisine. Donnez-lui à manger, et voyez à le vêtir convenablement.

Le jeune secrétaire fit signe à Lygaya de le suivre, laissant Jean et son oncle pénétrer dans la maison.

Simplement décorée, la demeure était chaleureuse et accueillante. L'atmosphère qui y régnait plaisait beaucoup à Jean Desfontaines. Il était venu y rejoindre son oncle quelques années auparavant, poussé par son père qui souhaitait le voir occuper de hautes fonctions dans ce pays neuf qu'était le Canada. Monsieur Desfontaines, qui était veuf, vivait seul et occupait un poste administratif important au sein de la communauté francophone. Cet excellent commerçant avait su se faire respecter des Anglais.

Dans la cuisine, Lygaya fit la connaissance d'une jeune esclave, une Amérindienne de treize ans, qui venait de la tribu des Panis. Elle était ravissante avec ses grands yeux noirs pétillant d'intelligence et de malice, et ses deux longues tresses qui entouraient son joli visage. Lorsque Lygaya lui demanda son nom, elle lui expliqua que, dans sa tribu, on l'appelait «petit rayon de soleil» et, qu'après qu'on l'eut baptisée, monsieur Desfontaines l'avait prénommée Thérésa.

Le secrétaire de monsieur Desfontaines lui confia Lygaya.

— Thérésa, voici le domestique de monsieur Jean. Montre-lui sa chambre. Je reviendrai plus tard.

La jeune fille considéra un instant Lygaya puis demanda :

— Comment t'appelles-tu ?

— Lygaya

— Hum… Eh bien, ici, tu t'appelleras certainement autrement ! Suis-moi…

Elle l'entraîna vers une petite porte située près de la cuisine et le fit entrer dans une pièce minuscule, attenante à l'écurie.

— Voici ta chambre, lui dit-elle.

« Avec les chevaux près de ma chambre, au moins je n'aurai pas froid », pensa Lygaya.

Dans un coin de la pièce, un vrai lit comme il n'en avait jamais eu, prenait pratiquement toute la place. Contre le mur, il y avait une chaise et une petite table en bois sur laquelle était posée une bassine. Lygaya regarda autour de lui, impressionné :

— C'est mieux que ce que j'ai connu jusqu'à présent, dit-il à la jeune fille en déposant ses vieux vêtements sur la chaise.

Il poussa la porte qui donnait sur l'écurie et la bonne odeur des bêtes mêlée à celle du foin, la beauté des robes des trois chevaux de monsieur Desfontaines, le rassurèrent. Il se sentait bien dans cette pièce qui serait désormais la sienne.

Les jours passèrent dans cet endroit magnifique que Lygaya découvrait peu à peu, grâce à Thérésa qui, chaque jour, venait le rejoindre. Elle avait beaucoup d'admiration pour Lygaya. Elle savait qu'il avait voyagé et vécu de nombreuses aventures. Curieuse, elle lui posait toutes sortes de questions sur les pays lointains qu'elle rêvait de connaître.

Lygaya appréciait beaucoup la jeune fille. Sa famille avait été massacrée par les Blancs et une grande partie de sa tribu réduite en esclavage. Il se sentait proche d'elle.

Petit à petit, il s'installait dans sa nouvelle vie et se familiarisait avec tout ce qui l'entourait.

Il n'était arrivé à Québec que depuis quinze jours, que déjà ce nouveau pays lui offrait un spectacle inoubliable. Un matin, il se leva comme d'habitude, ouvrit la petite porte qui donnait sur l'écurie puis regarda machinalement par la fenêtre. Il fut tellement surpris par ce qu'il découvrit qu'il lâcha le seau d'eau qu'il portait. Il n'en croyait pas ses yeux. Dehors, un tapis blanc recouvrait le parc et les arbres étaient chargés d'une curieuse poudre blanche. Pour la première fois de sa vie, Lygaya voyait de la neige.

Il se précipita à l'extérieur et trempa sa main dans cette matière inconnue. Il s'aperçut alors très vite que la ouate blanche qu'il avait emprisonnée dans sa main se transformait en eau et lui gelait les doigts. Il se rendit compte qu'il lui faudrait lutter contre le froid. Ce jour-là, subjugué par la beauté et la tranquillité du paysage, comme il l'avait été autrefois par la mer, Lygaya passa une grande partie de son temps à regarder virevolter les flocons de neige dans l'air.

La vie était plutôt tranquille dans cette ville de Québec. Les Blancs parlaient entre eux d'un nouveau théâtre qui venait d'ouvrir ses portes rue Buade, où l'on présentait des ballets et des pièces de théâtre anglaises. On parlait aussi beaucoup des Loyalistes, qui fuyaient les États-Unis pour gagner le Canada, et de cette terrible maladie qui avait tué plus de mille personnes. Mais cela n'intéressait pas vraiment Lygaya :

— Ce sont des problèmes de Blancs, répondait-il à Thérésa lorsqu'elle lui rapportait les conversations de leurs maîtres.

Parfois, Lygaya pensait à la Martinique, à Pinto et à Sanala, à Simbo... À Pierre, à Juliette... Lorsque cela lui arrivait, il fermait alors les yeux pour tenter de retrouver les visages amis. C'était Sanala qui lui manquait le plus.

Il travaillait beaucoup, était bien nourri et bien traité, et ses seules joies consistaient à parler avec la jeune esclave Panis. Elle lui racontait les histoires de son village. Elle lui parlait des peuples amérindiens. Il lui racontait l'Afrique, les animaux sauvages, le soleil et la mer de la Martinique... Et puis, El Djazaïr, ses aventures.

Trois années passèrent. Jusqu'à un certain dimanche de juillet 1786, où une voiture vint se poster devant la porte. Lygaya n'y prêta pas vraiment attention, car monsieur Desfontaines recevait de nombreux visiteurs, depuis que son neveu était parti, deux ans auparavant, pour la France. On disait qu'il s'y était marié et qu'il ne reviendrait sans doute jamais vivre au Canada.

Ce jour-là donc, Lygaya ne remarqua pas les deux visiteurs qui se dirigaient ensemble vers la maison. Deux heures plus tard, c'est Thérésa qui annonça :

— Monsieur Jean est de retour ! Il est accompagné de sa femme.

Cette nouvelle surprit Lygaya, qui éprouvait beaucoup de reconnaissance pour Jean Desfontaines qui avait toujours été bon avec lui. Les quelques mots prononcés par le vieil esclave, la veille de son départ de la Martinique, lui revinrent en mémoire. Son cœur se mit à battre plus rapidement.

— Comment est sa femme ? demanda-t-il à Thérésa.

— Très jolie ! Brune, les yeux noirs. Un regard très doux. On dit qu'ils vont s'installer dans une maison près d'ici, dans la Haute-Ville.

Intriguée par les nouveaux arrivants, Thérésa disparut rapidement pour retourner à ses occupations favorites qui consistaient à écouter tout ce qui se disait et à regarder tout ce qui l'entourait. Quant à Lygaya, il reprit calmement son travail.

Alors que la nuit tombait et qu'il s'affairait à panser les chevaux, Jean Desfontaines entra dans l'écurie, accompagné de sa femme.

Les voyant sur le pas de la porte, Lygaya se leva rapidement. Devant lui, Juliette souriait comme avant. Paralysé, Lygaya ne put articuler aucun son. C'est Juliette qui parla :

— Eh bien ! si l'on m'avait dit que nous nous retrouverions ici ! Maman m'avait raconté l'horrible histoire de ta vente. Pierre et Charles ont été soulagé de savoir que Jean t'avait racheté. Je n'ai malheureusement plus de nouvelles de la Martinique depuis que ma famille est retournée vivre en France, il y a un an. La dernière fois que j'ai vu Pinto et Sanala, ils allaient très bien. Ils ont été rachetés par Plunka, le père de Geoffroy. Simbo a épousé la cuisinière Anna, et c'est un ami de Charles qui les a rachetés. Anama est devenue la cuisinière de l'ancienne plantation d'Hauteville.

Lygaya fut heureux d'apprendre que ses parents étaient désormais en lieu sûr, à la plantation de Plunka.

— Pierre m'a chargé de te remettre ceci, ajouta Juliette.

En parlant, elle tendit un petit miroir à Lygaya. Très ému, celui-ci murmura :

— Merci, je ferai attention que personne ne le casse cette fois-ci…

Juliette savait combien ce geste était important pour Pierre et Lygaya. C'était un peu le symbole de leur amitié. Elle sourit gentiment et demanda à son mari de la raccompagner à la maison.

À la fin de l'été, Lygaya fut baptisé. On l'appela Léonard.

Par la suite, Lygaya revit souvent Juliette qui venait parfois parler avec lui de longues heures, lorsque la Martinique lui manquait. À la mort de l'oncle de Jean Desfontaines, Juliette et son mari héritèrent de tous ses biens : la maison, les chevaux et les esclaves. Juliette signa alors un ordre d'affranchissement pour Thérésa et Léonard qui se marièrent quelques mois plus tard.

Libre, mais complètement démunie, la famille « Léonard » décida de son plein gré de rester au service de Jean et de Juliette Desfontaines, à Québec. Ils y vécurent jusqu'à la fin de leurs jours, en toute liberté, mais esclaves de leur misère et de leur passé.

À l'abolition de l'esclavage, vers 1838 au Canada, le petit-fils de Lygaya, qui s'appelait Jean-Baptiste Léonard, s'installa dans un village, près de Québec. Sa femme, qui avait été esclave en Louisiane, était venue se réfugier dans cette contrée du Canada que l'on disait accueillante. Elle était cuisinière et travaillait dans une riche famille de la région.

Table des matières

Suivez-nous

GARANT DES FORÊTS
INTACTES

Réimprimé en juin 2015
sur les presses de l'imprimerie Marquis-Gagné
Louiseville, Québec